嫌われ者の悪役令息に転生したのに、なぜか周りが放っておいてくれない

著 AteRa
ill. 華山ゆかり

アンナ
クラウスに恩義を感じ、専属メイドとしてミュラー公爵家で働く少女。
クラウス・ミュラー
サラリーマンが転生した、公爵家の令息。「超新星グノーシス」というゲームのかませ役で、将来勇者に処刑されてしまうため、運命を変えようと奮闘する。
ロッテ・アーリング
アーリング子爵家の令嬢で、クラウスの婚約者。近隣でも評判の美少女。

カイト
原作「超新星グノーシス」の主人公である勇者。かなりの女たらし。
リリー
とある森で、クラウスたちと出会ったエルフ。うっかりやだが特殊な力を持つ。
シャルロット・グルルカ
クラウス達が暮らすグルルカ王国の第一王女。勝ち気で元気いっぱい。
デニス・グルルカ
クラウス達が暮らすグルルカ王国の第一王子。シャルロットに振り回されがち。
Main Character
登場人物紹介

プロローグ

……マジかよ、これ。

俺は部屋に置いてあった全身鏡を見つめながら絶句していた。

そこに映し出されたのは、丸々と太った幼《おさな》い少年。

髪《かみ》は短めで、表情も意識していないのに豚のような嫌らしさがある。漫画《まんが》でよく見るガキ大将みたいだ。

どうしてこうなった？

困惑しながら、俺はつい今しがた目を覚ます前までの記憶を遡《さかのぼ》る。

確か昨日は、上司の愚痴《ぐち》に付き合わされて終電間際まで飲まされたんだっけ？

あんまりお酒に強くない俺は、ベロベロに酔っ払って、それで――

そうか、トラックに轢《ひ》かれたんだった。

そのときのことはまだ鮮明に覚えている。

迫り来る巨大な鉄の塊《かたまり》。

ぶつかった瞬間《しゅんかん》の痛みを思い出すだけで、吐き気を催《もよお》す。

「――うっぷ！」

って危ない危ない、もう少しで本当に吐くところだった。

しかしそれにしても――

俺は全身鏡を再び見つめる。

俺が右手を上げれば鏡の中の人物の左手が上がり、俺が口を開けば鏡の中の人物も口を開ける……うん、やっぱり鏡に映っているのは俺のようだ。

しかしこの少年の姿に、俺は身に覚えがない。昨日までの姿とも全く違うし。

これはいったい誰なのだろうと考えながら、頭を回転させる。

これはあれか？　俗に言う転生ってやつか？

だとすれば流石《さすが》にこの仕打ちは酷《ひど》いだろう。

どんな悪行を重ねれば、こんな気色の悪い少年に転生させられるんだ……

思わずこれは夢なんじゃないかと、頬《ほお》をつねって現実に戻ることを期待するが、そんなことは当然起こらず。

いまだ俺はこの丸々と太った少年のままだし、この豪華《ごうか》な石造りの部屋が、一般的なアパートの一室に戻ることはなかった。

と、そのとき、部屋の扉《とびら》がコンコンと叩《たた》かれる。

「アンナです。入ってもよろしいでしょうか、クラウス様」

扉の向こうから聞こえてきたのは、若い女性の声だ。

クラウスというのが誰かは分からないが、おそらく自分のことを言っているのだろう。様が付くってことは、やはりこの部屋の様相からしても、俺はかなりの金持ちらしい。

しかしクラウス、クラウスか……

少し前にプレイしていたエロゲ『超新星《ちょうしんせい》グノーシス』に出てきたデブのかませ役が、そんな名前だったな。

そいつは次々とヒロインたちを襲《おそ》おうとしては、主人公の返り討ちにあうという立ち位置のキャラだった。そして毎度クラウスは尻尾《しっぽ》を巻いて逃げ、おかげで主人公とヒロインの仲が深まるのだ。

それ故《ゆえ》に、作品ファンの間では彼のことは好感度進展装置なんて呼ばれていた。

……まさかな。

この太った少年があのクラウスなわけ……あるな、めちゃくちゃあるぞ。

あのキャラは赤髪だったし、鏡をよくよく見れば、あいつの面影《おもかげ》もある。

だとすれば、俺はこのままではマズい。

主人公とヒロインの関係が進展しきって、装置として用済みになった瞬間、こいつは処刑されるのだ。

プレイしていたときは、ははははっざまぁなんて思っていたが、今はとてもそうは思えない。

俺があのクラウスになったのだとすれば、将来的に処刑されるってことだからだ。

その事実に気が重くなりながら、俺はとりあえず、扉の向こうからかかってきた声に返事をすることにした。

どう返事しようか迷いつつ、この部屋の雰囲気に合わせて少しばかり威厳《いげん》がある感じで返す。

「ああ、もちろん。入っていいよ」

「そ、それでは、失礼いたします」

そう言って入ってきたのは、まだ十代後半であろうメイド姿の少女だった。

確か名前はアンナって言ってたっけ。

痩《や》せ気味で、肩まで伸びた金髪《きんぱつ》もくすんでいるが、磨《みが》けばとても美人になりそうである。

しかし彼女は碌《ろく》な食事を与えられていないのだろうか？

痩せ気味といっても、少し痩せすぎな気もする。

だとすればもったいないし、俺の父にもっと食事を与えるよう話を持ちかけてもいいかもしれない。

——俺の父なんて言ったけど、この体の持ち主の父親って意味だ。

そして彼女は俺を見てどこかビクビクと怯《おび》えたような表情をしていた。

流石にそこまで怯えられると困るので、俺はゆっくりと、安心させるような声を意識して話しかける。

「何もそこまで緊張《きんちょう》しなくてもいいのに。ほら、これ食べる？」

ちょうど目の前にお菓子《かし》の載《の》った皿が置いてあったので、それを差し出す。

すると彼女は、心底驚いたように目を見開いて俺を見た。

「……いいのですか？」

「当たり前だろ。そもそも痩せすぎだから、ちゃんと食事を取ったほうがいいよ」

俺がそう言うと、彼女はどこか居心地悪そうに視線を逸《そ》らした。

んん？　なんだなんだ？　もしかして触れてはいけない話題だったのだろうか？

俺の家族にいじめられているとか？

——って、そうか。以前の俺がいじめていた可能性もあるのか。

それに気が付くと、なんだかそんな気がしてきた。

彼女は俺に怯えていた様子だったし、最初に鏡を見たときの俺の嫌らしそうな顔も、その可能性を高めているように思う。

てか本当にそうだったら、こいつの性格の悪さが出ているってことだし、つまりこいつがあのクラウスであると証明されてしまうよな。

……うん、これからは彼女たちに優しくしないとなぁ。

流石に俺だって、みんなの前で石を投げられながら処刑されたくはない。

元のクラウスとは性格も行動も変えないと、その未来に——処刑ルートに向かって突き進んでしまうだろう。

俺はそうこっそり決意しつつ、アンナにお菓子を示す。

「ほらほら、遠慮《えんりょ》せず食べなよ。このお菓子、多分だけど美味《おい》しいよ」

いや、実際に食べたことはないから知らないけど。でも見てくれからして絶対高級だし美味しいに決まっている。

俺はまだ遠慮している彼女の手に、無理やりそのお菓子を持たせた。

「……本当にいいのですか？」

「もちろんもちろん。流石に俺もこのままじゃマズいしさ、ダイエットしなきゃいけないだろ？だから俺の代わりに食べてくれよ」

「ダ、ダイエットですか……？」

俺が握り拳《こぶし》を作って言うと、今度こそ目玉が飛び出そうなほど驚いていた。

うーん、この様子だと、以前の俺は相当酷い人間だったらしい。

……はあ、自分の将来を思うと気が重いよ。

俺はいまだに驚いている彼女に向かって、ため息交じりに言う。

「そう、ダイエット。今のままだとちょっと太りすぎというか、絶対健康にも悪いしさ。まあ標準体型くらいまでは痩せたいよね」

「じゅ、十分クラウス様は痩せられております……」

「いやいや、この腹で痩せてるって、そりゃないでしょ。もしかして君、デブ専？」

「ち、違いますけど……」

そうか、デブ専ではないのか。

まあしかし、これは誰から見ても太ってると言えるだろう。

体脂肪率を測ったら、30％とかありそうな体型である。

そんな俺を、アンナはまじまじと見つめる。

「な、なんだかクラウス様、変わられましたね」

「……うん、まあそうかもね。いろいろ思うところがあってさ」

「そうなんですか。かなり柔《やわ》らかい雰囲気になったと思います」

流石に中身が全然違うからねぇ。

そりゃそうだと言いたいが、まあ言えるわけもなく。

俺はとりあえず微笑《ほほえ》んで誤魔化《ごまか》しておく。

「――そういえば、なんか用事があって俺の部屋に来たんだろう？」

「ああ、そうでした。ええと、クラウス様。昨日もお伝えしました通り、今日の午後に婚約者《こんやくしゃ》のロッテ様がお見えになります」

ロッテ……？

確かその子、『超新星グノーシス』のメインヒロインだったような。

てかその子がいるってことは、やっぱり俺はクラウスってことで確定らしい。

しかし、まさかロッテがクラウスと婚約していたとは。

ゲームの本編開始時にはそんな設定はなかったから、そのときには既に婚約解消されていたんだろうな。

「――なるほど、分かった。午後からね。それで、それまでの間は？」

「それまでは何も予定はございません」

「ってことは、好きにしてていいんだね？」

「はい、大丈夫です……あの、何かされるんですか？」

「ちょっと走って、あとは訓練でもしようかなって」

というのは、実は嘘だ。

『超新星グノーシス』には、ステータスのシステムが導入されていた。

どのキャラがこれくらいの能力を持っている、程度の簡単なものだったが、これを確認できれば、俺の状況も詳しく分かるのではないかと思ったのだ。

ただ、この世界の住人にステータスの概念が浸透《しんとう》しているかまだ分からないので、余計なことは言わず、この場から去るために適当な理由を作ったわけである。

しかしアンナは俺の言葉に心底感動したのか、目をキラキラさせている。

「ク、クラウス様がついに運動を……っ。ああ、やっぱりクラウス様は変わられたのですね」

なんだか一人盛り上がっているのを見て、俺は走らざるを得なくなった。

これだけ期待の目を向けられて、走りませんでした、というのは流石にな……

まあ、少し遠くまで走って、そこでステータスの確認でもするか。

「それじゃあ早速、動きやすい服を用意してくれ」

「はいっ、分かりました」

そして俺は服を着替えると、庭に出てランニングを始めるのだった。

第一話

ランニングを始めて、ものの十数秒で俺はバテた。

……流石にこの体、体力なさすぎじゃないか？

まだまだ十歳とかそこらのはずなんだが……その年頃だったら、もっと元気に溢《あふ》れててもいいだろ、普通。

そう思うが、それで現状が変わるわけでもない。

……はあ、これは流石に毎日ランニングだな。

そんなことを考えながら、ヒイヒイ言いつつ走り続ける。

しばらく走って屋敷が見えなくなった頃、ようやく俺は足を止めた。

てかこの庭広すぎ。

マジでいったい半径何キロあるんだよって感じだ。

まあともかく、まずはステータスの確認をしよう。

こんな体型の俺のステータスだからあんまり期待はしていないが、やっぱりワクワクする。

なにせゲームの世界に入り込んだのだ。ゲームっぽいものを試せるのはまたとないチャンスだ。

てかステータスっていいよな、普通に。

「開け、ステータス！」

一人そう叫んでみるが——何も出なかった。

……おいおい、この世界にはステータスはないのか？

やっぱりあれはゲームだから見られただけだろうか。

何度叫んでもステータス画面は出てこない。

うーん、文言が違うのだろうか？

「ステータス！　インターフェース！　スキル！」

そうして他の文言をいくつか試していたら、スキルと叫んだときに、突然目の前に古めかしい本が現れた。

「おお！　やっぱりあるじゃないか！」

俺は思わず頬《ほお》を緩ませながらその本を手に取る。

表紙には【スキルの書】と書いてあって、一見ただの古いだけの本だが……

開いてみると、中にはこんなことが書かれていた。

ユニークスキル

《スキルの書》（レベル１：０／１００）

　スキルを使用することによって熟練度が上がる。

熟練度１：魔石（小）からスキルを得る。

熟練度１：スキル使用時、威力増加（小）が付与される。

熟練度２：＊＊＊＊＊＊＊＊＊

ノーマルスキル

《惰眠《だみん》》（レベル３：９７／１０００）

　過剰な睡眠を取ることによって熟練度が上がる。

熟練度１：快適な睡眠を得ることができる。

熟練度２：睡眠中、大量のエネルギーを吸収できる。

熟練度３：睡眠中、自然治癒《ちゆ》（小）を得る。

熟練度４：＊＊＊＊＊＊＊＊＊

ふむふむ、この《スキルの書》自体がユニークスキルなのか。

しかしユニークスキルとノーマルスキルというものがあるみたいだけど、この世界の住人はユニークスキルを普通に持っているのだろうか？

でも、ユニークというくらいだし、もしかしたらとてもレアなスキルなのかもしれない。

もしそうなら、これは隠しておかなければならないだろう。下手に見せびらかして、無駄《むだ》なやっかいごとに巻き込まれたくないし。

俺は頭を振って、《スキルの書》に書かれていた内容について考えてみる。

このレベルの数字が、熟練度と対応しているのかな。

レベルが上がるごとに、それに連動した熟練度の効果が増えていくのだと思う。

《スキルの書》の方は、ユニークスキルだからか熟練度1が二つあるようだ。

しかしなぁ……最大の問題はノーマルスキルの《惰眠》、だよなぁ。

何がマズいって、この熟練度2だ。

寝ているときにエネルギーを吸収って……今は痩せなきゃいけないのに、これがあると寝ているだけで太ってしまう。

流石にこればっかりは後で対策を考えなきゃいけないな。

あとは《スキルの書》のほうの、魔石からのスキル習得ってのが気になる。

新しいスキルを手に入れられるようだけど……あいにく俺は魔石を持っていない。

これも後々検証するとして、いったんは保留だな。

「――よし、ステータスのことは分かったし屋敷に戻るか」

そう呟《つぶや》いて、思わず今来た道のりを思い出してしまう。

長く、苦しい戦いだったよ……

もう二度とやりたくないと思うほどね。

でもやらないと痩せないし、そもそも屋敷には戻らないといけない。

「はあ……走るか」

一人そう零《こぼ》すと、俺はせっせこ屋敷まで走り始めるのだった。


屋敷に戻ると、使用人たちが俺とロッテのお茶会の準備をしていた。

ゼエゼエと荒い息を吐きながら帰ってきた俺に、使用人たちは心底軽蔑《けいべつ》している目を向けてくる。

『どうせダイエットなんて一日で終わりますよ』

『そもそもあの体からどうやって痩せるつもりなんですかね？』

『ああ、これじゃあ婚約者のロッテ様も可哀想だ』

使用人たちのそんなヒソヒソ声が聞こえてくる。

言っていることは確かに正しいのかもしれない。昔の俺だったら、確実にダイエットも続かないだろうし。

でもそう言われて、俺はただただ悔しかった。

だから絶対に痩せて格好良くなって見返してやる、そう思った。

俺は元来、負けず嫌いなのだ。

もうなんと言われようとも、俺は痩せて、強くなって、みんなに認めてもらうんだ。

俺はそう決意しつつ、階段を登るのさえ苦労するほど疲れきった体で、二階に上がって自室に入る。

既に部屋には、先ほどの少女メイド、アンナが控《ひか》えていた。

「本当に走ってこられたんですね、クラウス様」

「もちろんだよ。俺は変わるつもりだからね」

「……そうですか。私は――信じておりますから。クラウス様が変わられることを」

そう言って彼女は、天使のような微笑みを浮かべた。

今まで俺が彼女にどんな仕打ちをしてきたのかは分からない。

が、どうせ碌《ろく》なことをしてきてないはずだ。

でもアンナはこうして、主人を……俺のことをいまだに信頼してくれている。

それがなぜなのか、よく分からない。

だから俺は、彼女に直接聞いてみることにした。

「……なあ、どうして俺のことをそんなに信頼しようとしてくれるんだ？」

そう訊《たず》ねると、彼女は優しく諭《さと》すように口を開く。

「だってクラウス様は私の恩人ですから。一人ぼっちだった私を拾ってくださった、命の恩人じゃないですか」

……いや、おそらくこいつがアンナを拾ったのは、体目当てだったと思うぞ。

おおかた、将来美人になったら楽しむだけ楽しんで、飽《あ》きたら捨てよう……なんてことを考えていたのだろう。

そう思うが、いちいち口にはしなかった。

てか多分、彼女だってそのことには薄々《うすうす》気が付いているはずだ。

それでも、アンナは健気《けなげ》に俺を信頼しようとしてくれているのだ。

ここまでされたら、彼女の期待に応えなきゃならないよな。

流石にここで投げ出して、やっぱりやめたなんてできるはずもない。

うん、俺が痩せるための理由がどんどんと増えていく。

「それじゃあお茶会の支度《したく》をしてくれ」

「かしこまりました。すぐに取りかかります」

そして俺は早速、正装に着替えさせられる。

……なんかちょっと腹回りがキツい。

どう考えても俺のために仕立てられた服のはずだが……こいつめ、どんどん太っていってやがったな。この服を作ったのがいつかは分からないが、こんなにキツいなんて。

やはり痩せるのは急いだほうがよさそうだ。

それから俺は、軽い化粧《けしょう》をして髪型を整えてもらって、準備が完了した。

少しはマシになった姿を鏡に映しながら、緊張した面持《おもも》ちで窓の外を見る。

うーん、ロッテとお茶会なんかして大丈夫だろうか。

彼女はゲーム開始の時点では、クールな深窓《しんそう》の令嬢《れいじょう》キャラだった。まあ少しずつメッキが剥《は》がれ、本来のお茶目な性格が表に出てくるのだが。

多分だけど、彼女がクールキャラだったのも俺が関係してそうだよなぁ。俺の言動のせいでそういうキャラにならざるを得なかった、なんてこともあり得るだろう。

ということは、元のクラウスのような態度で接していたら、俺は婚約破棄《こんやくはき》されてロッテがクールキャラになり、巡り巡って俺が処刑される未来がやってくるのは間違いないだろう。

だったら今日のお茶会では、ロッテと仲良くなるのが目標だな。

そのためには……彼女の素を出させてあげることにしよう。

やっぱり人間、自分に嘘をつくのが一番苦しいしな。

素を出して付き合えば、それだけで仲良くなれたりもするし、そうすればフラグは立たないはず。

そんなことを考えつつ、俺は自室で、彼女たちがやってくるのをジッと待ち続けるのだった。


それから十分ほどが経ち、ロッテの家であるアーリング子爵《ししゃく》家の馬車が到着したのが、部屋の窓から見えた。

そうそう、クラウスの家は、ミュラー公爵《こうしゃく》家……つまり結構なお偉いさんなんだよな。だからこそ好き勝手にやってたんだろうけど。

ともかく、ミュラー公爵家はこの国、グルルカ王国の東部に位置していて、アーリング子爵家はそのお隣さんだったはずだ。

だから、馬車でも一週間はかからないくらいだろうか。

アーリング家の馬車が軽装なのを見ると、その知識は間違いではなさそうだった。

あの馬車の中にロッテがいると思うと、段々と緊張が増してきた。

仮にもゲームのメインヒロインの一人だし、当然めちゃくちゃ整った容姿なのだろう。

前世も含めて、女性経験が少ない俺はやはり緊張してしまっていた。

自室でソワソワしている俺にアンナが声をかけてくる。

「そこまで緊張なさらなくても大丈夫ですよ。今まで何度かお会いしてるじゃないですか」

そう言われても会っているのは以前の俺で、今の俺は顔を拝んだことすらないのだ。

ただ、アンナが励《はげ》まそうとしてくれることは嬉《うれ》しかった。

俺は自分の頬を軽く叩くと気合いを入れ直す。

「そうだよな、ありがとうアンナ」

「い、いえっ！　差し出がましいことを言ってしまい、失礼いたしました！」

俺が感謝の言葉を述べると、彼女は慌《あわ》てたように手を横に振って言った。

ちょっと彼女の頬が赤い。

うーん、アンナは感謝され慣れてなさそうだもんな。

これからは、ありがとうはちゃんと伝えていかないとな。

しっかりと言葉にすることって、コミュニケーションにおいてめちゃくちゃ重要だからね。

そしてコンコンと部屋の扉が叩かれ、渋《しぶ》い男性の声が聞こえてきた。

「失礼します、クラウス様。ロッテ様がお見えになられたので、お茶会を始めたいと思います」

「――分かった、今行く」

もう逃げられないことを悟り、俺はもう一度頬を叩いて気合いを入れると扉を開けた。

扉を開けると、先ほどの声の主らしき男性が控えていた。

彼はこの家の執事《しつじ》なのだろう、ぴしっとした黒の執事服を着ている。

「それでは参りましょうか、クラウス様」

「ああ、行こう」

彼が俺のことをどう思っているのか、その表情からは読み取れない。もしかすると、他の使用人たちと同様に俺を見下しているのかもしれないが、そんなことはおくびにも出していない。

だがそのことは逆に、彼がとても優秀な執事であることを示している。

主人に感情を読み取られるってことは、それだけでトラブルになるかもしれないしな。

俺は彼の後に続いて階段を降り玄関を出ると、停まっている馬車の前まで歩いた。

俺は貴族の作法とかよく分からないので、とりあえずエスコートしようとか考える。

開けられる馬車の扉。

そして中から顔を出した少女は、やはり可憐《かれん》だった。

腰まである艶《あで》やかな黒髪と、黒い瞳《ひとみ》。

体つきはスラリとしていて、どちらかと言えば華奢《きゃしゃ》なほうだと思った。しかしアンナのような痩せぎすって感じでもなく、上品な痩せ方だ。

そしてその顔には確かに、あのゲームの中で見たロッテの面影《おもかげ》があった。

そういえば、ロッテはゲーム中でも『傾国《けいこく》の美少女』なんて呼ばれてたっけ。

俺は彼女に一瞬見惚《みと》れてしまったが、すぐに我に返ると、馬車を降りようとする彼女に手を差し出した。

「ロッテ、お手をどうぞ」

俺がそう言うと、彼女はひどく驚いたような表情になった。

周りの人間も驚いているようだ。

……え？　俺なんかマズいことしちゃったかな？　もしかして、彼女はロッテではない？

そう思うが、彼女はすぐに軽く微笑んで俺の手を取った。

「ありがとうございます、クラウス様」

よかった、間違いではなさそうだった。

それから俺たちは、庭に設置されたお茶会会場に向かうと、用意されていた椅子《いす》に向かい合うように座った。

ロッテはどことなく緊張しているようだが、それは俺も同じだ。

女の子って、どんな話をすれば喜ぶんだろう？　さっぱり分からん。

手際よく次々とお茶や菓子が用意されていくが、その一方で俺たちの会話は何も進展しなかった……というか、会話が生まれなかった。

彼女のほうから話しかけてくることがないと悟《さと》った俺は、無理やり話題を捻《ひね》り出す。

「い、いい天気だね」

コミュ障かよ、って感じのセリフしか出てこなかった。

そんな自分に嫌気が差しながらも必死に平静を装う。

ロッテは硬い表情のまま頷《うなず》いた。

「そうですね、クラウス様」

……これじゃあ会話が続かないよ！

俺の話題にも問題があったが、彼女のほうも会話を続けようという気がないようだった。

うーん、どうすっかなぁ。

しばらく考え、俺は思いきった話をすることにした。

「ねぇ、ロッテってさ、どうしてそんな仮面を被っているの？」

俺がそう言うと、彼女は驚いた表情になる。

そしてすぐに警戒《けいかい》するような顔になった。

「……どうして私が仮面を被っていると思ったのですか？」

「だってロッテ、さっきから苦しそうだ」

まあその理由の大半は、以前の俺のせいな気もするけど。

俺の言葉を聞いたロッテは、ひどく驚いた顔をした。

「私が苦しそう、ですか……」

「そうだよ。ずっと苦しそうにしてる」

「……あの。クラウス様は、私をどうしたいのですか？」

質問の意図が分からない。

俺は率直に、どういう意味か訊ねることにした。

「えっと、どういうこと？」

すると彼女は真剣な表情で言った。

「だってこの間まで、クラウス様は私のことを道具としか見てなかったです。なのにいきなり優しい言葉をかけてきて……私にはクラウス様のことがよく分かりません」

「……俺はさ、変わろうと思ったんだ。このままじゃいけないってね」

俺の言葉に、彼女は目を伏せて細い声で言う。

「それじゃあ、証明してください。その気持ちの証明を」

「……俺は、どうすればいい？」

「一ヶ月です。一ヶ月で、一目見て分かるほどまで痩せれば、証明してくれたと信じます」

一目見て分かるほどまで痩せる、それもたった一ヶ月で……相当大変なことだ。

そのレベルとなると、おそらく五キロから十キロくらいの減量だろう。

でも、確かに覚悟を示すには、そこまでしなきゃならないのかもな。

「……分かった、一ヶ月でちゃんと痩せるよ」

決心して、俺はそう告げた。

それを聞いたロッテは、目を見開き俺を見た。

「本気ですか？」

「もちろん」

それから俺たちは、他愛《たわい》もない会話をした。

ロッテはだいぶ気持ちが楽になったのか、それなりに砕《くだ》けた態度になったと思う。

短い時間だったけど、少しは仲良くなれた気がする。

これで俺も死亡フラグから一歩遠のいただろう。

流石に夜はこの屋敷には泊まらないということで、馬車に乗って帰っていく。

屋敷を離れていく馬車を見つめながら、俺は思うのだった。

また一つ、痩せる理由が増えちゃったな、と。

第二話

ロッテとのお茶会から、一週間が経過した。

その間、もちろんストイックに運動を続けて、食事制限も取り入れたダイエットをして……おそらく二、三キロは体重が落ちたと思う。

まあ、この世界に体重計というものがないらしいから、ちゃんと計りたくても計れないのだが。

……って待てよ？　体重計くらいなら簡単に作れるのでは？

この世界には魔道具というものも存在するらしいし、それなら作れそうだ。

この一週間はとにかくダイエットすることだけを考えていたから、すっかりそのことに思い至らなかった。

体重計があったほうが、目標が定めやすくていいだろう。

そうと決まったら俺は執事……この前のロッテとのお茶会に呼びに来たアウスを部屋に呼び出して、そのことを伝えてみた。

「……体重計、ですか。確かに天秤《てんびん》はありますが、人のような大きなものを計るときには使いませんね」

「だったら、もっとそれを大きくして、体重を計れるようにすれば売れないかな？　体重が分かれば、健康かどうかも分かるようになるしさ」

「……いったん、ガイラム様に話してみてもいいかもしれませんね。私はいいアイデアだと思います」

ガイラムとはミュラー公爵、つまり今の俺の父親だ。

ただ実は、俺はいまだ一回も会ったことがない。

この太りようだ、見捨てられているのかもしれないな。

実はこの一週間で分かったことだが、俺が住んでるこの屋敷も、俺に与えられた離れのようなものらしい。

ただ甘やかされているだけの可能性もあるが、こうまで顔を合わせないとなると、見捨てられているという説はあながち間違いじゃないかもしれない。

「それじゃあ、父上と会いたいんだけど……」

「分かりました。お時間を作ってもらえるか伺《うかが》ってまいります」

そう言ってアウスはお辞儀をすると、部屋から出ていった。

これで体重計を作れれば、俺のダイエットのモチベももっと上がるだろう。

それに、売ったお金で筋トレグッズなんかも買えたりして。

そして俺はしばらくの間、体重計をどう作るか思案しつつ筋トレを続ける。

一日に決めている筋トレの回数……といってもこの体だと腕立ても腹筋も十回が限界だが、それを終えると、俺はタオルで汗を拭《ぬぐ》って庭に出る。

公爵家の騎士団から借りた木剣《ぼっけん》を持って、庭の向こうまで走るのが日課となっているのだ。

庭といってもかなり広いので、庭の端までは二キロくらいある。

そしてそこでいつも、素振《すぶ》りをしたりスキルの検証をしたりしているわけである。

「――はあ、はあ……マジでこの体貧弱すぎるな。たった二キロジョギングしただけでこれだ」

目的地に着いた俺は、肺《はい》が痛みを訴《うった》えるほどの荒い呼吸をしながら、庭の芝生《しばふ》に身を放り投げる。

今日は天気がよく涼しい気候なので、走るにはちょうどいいはずなんだがな。

そんなのを全く無視するかのように、俺の体からは大量の汗がダラダラと流れてくる。

「……とりあえず素振りを百回やって、スキルの検証をしよう」

そして俺は、騎士団の人に教えてもらった型をなぞるように素振りする。

この体じゃ、意外と木剣も重いんだよなぁ。

ブンッブンッと木剣を百回振るうと、俺は再び地べたに座って《スキルの書》を出した。

ユニークスキル

《スキルの書》（レベル1：98／100）

　スキルを使用することによって熟練度が上がる。

熟練度1：魔石（小）からスキルを得る。

熟練度1：スキル使用時、威力増加（小）が付与される。

熟練度2：**********

ノーマルスキル

《惰眠》（レベル3：159／1000）

　過剰な睡眠を取ることによって熟練度が上がる。

熟練度1：快適な睡眠を得ることができる。

熟練度2：睡眠中、大量のエネルギーを吸収できる。

熟練度3：睡眠中、自然治癒（小）を得る。

熟練度4：**********

《剣術》（レベル1：15／100）
剣状の物質を振るうことによって熟練度が上がる。
熟練度1：剣の扱いがほんの少し理解できる。
熟練度2：＊＊＊＊＊＊＊＊＊＊

初日に確認したときから、新しく《剣術》というスキルが増えている。

木剣を何度も素振りしていたから、このスキルを入手したんだろう。

二日目から木剣を握《にぎ》ったとき、なんとなくこう振ったほうがいいってのが理解できたが、それはこの熟練度1の効果のおかげだったらしい。

そして《スキルの書》にも、経験値が少し入っていた。

《剣術》と、あとは《惰眠》を使用したことで経験値が入ったんだな。

《惰眠》は常時発動のスキルだから、ちょっと寝すぎるだけで《スキルの書》の経験値が入るのは美味しいかもしれない。

《スキルの書》はそろそろレベル2に上がるし、何が解放されるのかも楽しみである。

しかしまだスキルの効果を止める方法が見つかっていない。

このままだと、《惰眠》の能力でダイエットが捗《はかど》らないんだよなぁ……

今は一応痩せてきているが、いつ停滞期に入るか分からないし。

でも分からないものはどうしようもなく、俺はため息をついて《スキルの書》をしまった。

《スキルの書》は念じればすぐ出てくるし、念じればすぐに虚空《こくう》に消えていくので、こういうときもかなり便利だ。

さて、あとは走りながら離れの屋敷まで帰るだけだな……って、それが一番つらいんだが。

疲れた体を無理やり立たせた俺は、おっせおっせと再び庭を走るのだった。


ランニングから帰ってきた俺が食堂で一人、夕飯を食べていると、アウスが入ってきた。

「明日のランチはガイラム様とご一緒することになりました。そのときにしっかりと体重計のことを話せ、とのことです」

「……なるほど、分かった。それじゃあ準備を進めておいてくれ」

アウスは頷いてその場を離れていく。

再び一人になった俺は、ポツンとさみしく夕飯を食べ終えるのだった。

部屋に戻ると、アンナがまだベッドメイクしている途中だった。

彼女は俺が入ってくるのに気が付き、慌てたように頭を下げる。

「すっ、すみません！　すぐに終わらせるので！」

「いや、ゆっくりで大丈夫だよ。それより、明日父上との会食があるんだけど……ついてきてくれるか？」

「……ガイラム様との会食、ですか。もちろんついていきますけど……クラウス様は大丈夫なのですか？」

心配するような視線を送ってくるアンナ。

やっぱり俺と父の関係はあんまりよろしくないらしい。

でも、絶対にこのままじゃダメだ。

「ああ、やっぱりさ、家族なんだしちゃんと向き合わないといけないしね」

俺がそう言うと、アンナは感動したように頷く。

「本当にクラウス様は変わられましたね……今のクラウス様なら、ガイラム様もお認めになられるはずです！」

そうだといいけど。

俺は父の性格とか一切知らないし、どうなるかなんてさっぱり分からない。

でもこのクラウスとして生きることになった以上、ちゃんと話し合わないとな。

今のまま、ディスコミュニケーションした感じだと、辛いのは俺自身だし。

「まあともかく、明日は準備もあって早いし、今日はもう寝るよ」

「そ、そうですよね！　それじゃあおやすみなさい、クラウス様」

「ああ、おやすみ」

そして俺はロウソクの火を消すと、ベッドに入った。

少し緊張するけど、まあ何とかなるだろう。

そう思いながら、やっぱりなかなか寝付けないのだった。

◇◆◇◆◇

次の日、俺は父たちの住んでいる屋敷のほうに向かった。

流石公爵家の敷地と言うべきか、俺が住んでいた離れからメインの屋敷までは、馬車での移動だった。

徐々にその全容が見えてくると、その大きさが離れとは比にならないことを知った。

流石にでかすぎるだろ……あれはちょっと引くレベルだ。

ガタガタと音を立て、馬車が屋敷の前に停まった。

そして扉が開くと、さっと現れたメイドが俺の手を取って降ろしてくれた。

彼女は妙齢《みょうれい》の女性で、いかにもな細メガネをかけている。

「いらっしゃいませ、クラウス様」

綺麗《きれい》な所作だが、その瞳にはあまりいい感情は見えない。

でもその感情は、うちの離れの使用人とは違ってちゃんと隠されている。アウスと同じくらいは隠せているかな。

俺が元々日本人で、空気読みのスキルを持っていたから読み取れただけで、普通なら気付かないのだろう。

俺に続いてアンナが降りてきたところで、俺はメイドに言う。

「ああ、それじゃあ早速父上のところに案内してくれ」

「かしこまりました」

そしてメイドの後をついていきながら、俺の心臓はバクバクと脈打っていた。

やっぱりいざこうなると、めちゃくちゃ緊張するよなぁ。

しかし俺はその緊張を一切見せず、毅然《きぜん》と振る舞いながら歩く。

流石にそんな緊張してるなんてバレたくないし。

それに、アンナがついてきてくれているのも心強い。

するとチラリと後ろを見てきたそのメイドが、片眉《かたまゆ》をぴくっと動かした。

「……クラウス様、改心されたというのは本当ですか？」

「ん？　ああ、本当だよ」

「そうですか。今日、ガイラム様はクラウス様の処遇を決めると仰《おっしゃ》っておりましたので、お気を付けて」

処遇を決める？　ってことは最悪追放ってこともあるのか？

流石に現時点で放り投げられたら俺は餓死《がし》してしまうし、それだけは避《さ》けなければ。

……いや、でもゲームのときは公爵令息の肩書はあったから、ここで追放されることはないのか？

まあ、何が起こるか分からないことに変わりはないか。

俺は気を取り直して再度気合いを入れると、メイドの後をついていく。

「——こちらでございます。では……頑張《がんば》ってください」

そう言ってメイドは扉を開けた。

俺はアンナをその場に残し、一人、部屋に入る。

既に父は来ていたらしく、長い机の向こう側に堂々と座っていた。

「——来たな、クラウス」

「はい……お久しぶりです、父上」

まあお久しぶりと言っても、俺自身は初めましてなんだが。

父はあごひげをたっぷりと蓄《たくわ》えた、威厳のある風貌《ふうぼう》をしていた。

髪の毛は俺と同じ赤髪で、黒い目だ。

筋肉質な体つきで、ムキムキに鍛《きた》えられていた。

特に目力が強くて、今にも怯《ひる》んでしまいそうになる。

ちなみに、クラウスの母親は体調を崩して、長いこと遠方で療養《りょうよう》しているそうだ。父の容姿を見た感じ、俺は母親似だろうか。

以前の俺の父との接し方についてはアンナに聞いてあるので、そこで違和感を持たれることはないと思う……多分。

というか、アンナに不審そうな顔をされたほうが地味に傷ついたけど。

まあでも、クラウスの中に全くの別人が入っているなんて、誰もそんなこと思わないだろう。逆にそんな疑いを俺にかけるほうが、大丈夫かと頭を疑われてしまうよな。

現実逃避《とうひ》気味にそんなことを考えていると、父がゆったりと口を開いた。

「さて……今日はお前から話があるそうだな」

いきなりすぎる。

家族の団欒《だんらん》もないんかい、と思ったが、貴族ってやっぱりそういうもんなのかな？

まあ雑談しようにも、俺にはこの一家に対する知識が足りなすぎる。

ボロが出ないとも言えないので、これはこれでありがたいことだった。

「はい、父上。今日は体重計、というものについて打診しに来ました」

「……うむ。アウルからおおよそのことは聞いているが……その体重計とはなんだ？」

「体重計というのはその名の通り、体重を計る装置のことでございます」

「体重を計ることに、何かメリットはあるのか？」

父の鋭い眼光に射抜かれ、俺は冷や汗をかきながら説明を続ける。

「はい。健康に関する部分で、大きなメリットがあります。人は痩せすぎでも太りすぎでも健康を害するので、体重を数値化することで状態を分かりやすくできます」

「ふむ、確かにそうだな。でも別に見た目で判断すればいいのではないか？　今までも人々はそうしてきたわけだしな」

その反論はとても鋭い。

確かにちゃんとした数値を計る必要はあまりないのかもしれない。

でもここで折れたら、おそらく父に見放されてしまうだろう。

しかしだな——ブラック企業で培《つちか》ったプレゼン能力をなめるなよ。

そんなことを思いながら、俺は父を全力で説得にかかる。

「数値化することには、大きく二つのメリットがあります。一つは自分の肥満度《ひまんど》を客観的に見られるようになること。それによって、俺はまだ大丈夫だろう、と慢心することがなくなります。そして二つ目、それは他人と競い合うことができるようになる、という点です。自分の体重を数値化して競い合わせれば、様々な人が健康を意識するでしょう……もちろん、競うために無理に痩せて健康を害するようなことにならないよう、注意をする必要がありますが」

一気に全てを言い終えた俺は、父の様子を窺《うかが》う。

しばらくジッと考えていた父だが、いきなりふっと表情を緩め笑みを浮かべた。

「……やはり変わったというのは本当らしいな。弱冠《じゃっかん》十歳でここまで考え、提言できるとは、賞賛に値することだ。一時期は将来も危ぶむほどだったが……」

そう言われ、俺はほっと心の中で安堵《あんど》のため息をつく。

あぶねー、ブラック企業時代の経験が役に立ったよ……

しかし俺、まだ十歳だったんだ。

見た目から子供だってのは分かっていたが、ちゃんと自分の年齢は知らなかった。流石にそれをアンナに聞くのは変だし。

まあ確かに十歳にして、ここまで言えるのはなかなかいないだろう。

「よし、いいだろう。体重計の製作を許可する。クラウス、構造などは考えているのか？」

そう聞かれ、俺は焦らずに上着のポケットに手を突っ込む。

そして用意しておいた、簡単な図面を取り出した。

こんなこともあろうかと、魔道具とか、それに付随《ふずい》して魔力のことを事前に調べておいてよかった。

魔力というのは、空気や自然の中にある変換可能なエネルギーのことだ。

そのエネルギーを物質に作用させ、何らかの効果を生み出せるようにしたのが、魔道具ってわけだ。

ちなみに、魔力について調べているときに分かったことだが、この世界には、ゲーム通りにステータスも存在していた。

このステータスは、人間なら誰しもが持つ、祝福のような力を持っているらしい。

それは自前の筋力や体力などを数値化し、さらには底上げしてしまうものなんだとか。

ステータスを見るのには教会に行って正式な手続きを踏《ふ》まないといけないらしく、俺は自分のステータスを把握《はあく》していない。

そのステータスの中には魔力の記載《きさい》があるそうだが、この数字は、ゲームでよくあるみたいに、体内の魔力量を示している……というわけではない。

あくまでも、どれだけ体の外の魔力を取り込んで使うことができるか、という数字なんだとか。

ステータスのことといい魔力や魔道具のことといい、そこらのゲームとは違う部分が多くてなかなか面白い。

ともかく、今回は秤《はかり》の魔道具の設計図が手に入ったので、それを参考にして、地球の体重計の構造とかをイメージしながら、自分で図面を作ってみた。

実は俺は元々、中古屋で壊れたパソコンを買ってきて修理するのが趣味《しゅみ》だった。それ以外にも機械工学に色々と興味があって、体重計の仕組みなんかも知っていたのが役に立ったんだよな……まあ、かなりざっくりとした知識だけど。

その図面を父に見せる。

「……私は図面が読めないからな。おい、アウス。うちで雇っている学者を呼べ」

「かしこまりました」

父はいつの間にか控えていたアウスのほうを向き、学者を呼んでくるように言った。

それからしばらくして、彼が学者を連れてくる。

「お呼びでしょうか、ガイラム様」

ボサボサ頭で眼鏡《めがね》をかけた女性が、この部屋に入ってきた。

うん、本物の学者って感じの風貌をしている。

「ああ、こいつの書いた図面を見てほしいのだ」

そう言われたその学者の女性は、胡乱《うろん》げに俺のほうを見る。

「大丈夫なんですか？　クラウス様ですよ？」

この人には遠慮とかそういった言葉が存在しないらしい。

ズバズバと言ってくれる。

彼女の疑問に、父は鷹揚《おうよう》に頷いた。

「ああ、もちろん。それでダメだったらそれまでだ」

「なるほど、そういうことですか。分かりました、見てみましょう」

そう言って彼女は図面をジッと眺め始める。

するとどんどんと顔色が変わっていった。

「……これは本当にクラウス様が書いたのでしょうか？」

「どういう意味だ、それは？」

学者の質問に、父は意味が分からないと言いたげに首を傾《かし》げた。

彼女はすっかり興奮した声で、父の疑問に答えていく。

「これは凄《すご》いですよ！　ここら辺とか、私たちじゃ絶対に思い浮かばない構造をしています！」

「そうらしいが、どうなんだクラウス」

父がそう言って俺のほうを見てきた。

いや、どうなんだって言われてもな、この世界の魔道具の常識なんて知らないし。

「う、うわあ……これは凄い……流石は子供の柔らかい脳《のう》ってことなんですかね」

よく分からないが、この世界の常識を一つ壊してしまったらしい。

でも子供だからってふうに認識してくれてよかった。

「ガイラム様！　これはぜひ私たちに作らせてください！」

前のめりでそう言う彼女に、若干引き気味で父が答える。

「あ、ああ。もちろんクラウスが構わなければ俺は問題ないが」

すると学者は今度は俺のほうを向いて、ギラギラした目を向けてくる。

「クラウス様、いいでしょうか!?　いや、ダメって言っても作ります！」

「ああ、大丈夫だ。というより、こちらからお願いしたいくらいだ」

俺がそう言うと、彼女はぱあっと顔を明るくして、大事そうに図面を抱えた。

絶対にもう誰にも渡さないぞって気概《きがい》に満ち満ちている。

「それじゃあ私はこれにて失礼します！　やるべきことができてしまったので！」

それだけ叫んで、彼女はすごい勢いでどこかに行ってしまった。

残された俺と父は呆気《あっけ》にとられていたが、すぐに我に返ると父が言った。

「……クラウス」

「はい、なんでしょうか、父上」

「もう……私を失望させるなよ」

そう言った父の表情は、どこか愁《うれ》いを帯びていた。

ちゃんと息子に対する愛があったみたいだ。

よかったよかった。

俺が転生しなければ、父の期待を裏切って、こいつはどんどん堕落《だらく》していったんだろうな。

「はい、父上。もう俺は大丈夫です」

「――それじゃあ今日の会食はお終いだ。お前もいったんは離れに戻るといい」

いったん？　ってことはもう一度この屋敷に戻ってきていいってことだろうか？

だとすれば順調に死亡フラグを回避《かいひ》していっているってことになる。

「では――失礼します」

そう言って俺は部屋を出て離れに戻るのだった。

◇　◆　◇　◆　◇

その日の夜、俺はアンナと話をしていた。

「……クラウス様、おめでとうございます。これでお屋敷に戻れますね」

そう言う彼女は、なぜかどこかさみしそうだった。

「ああ、そうだな。まあ、また失望されないように頑張るよ」

「はい、頑張ってください。私も遠くから応援してますから」

「……遠くから？　どういう意味だ、それは？」

彼女の言葉に俺は首を傾げる。

アンナはまださみしそうにしながら、口を開いた。

「だって、クラウス様があちらのお屋敷に戻れば、私よりも優れたメイドがたくさんつくことになるのでしょう」

「……そうかもな」

「だとすれば、使えない私は解雇《かいこ》されるに違いありません。なので、遠くからと言いました」

俺は、そう言って俯《うつむ》く彼女に、ちょっと強めの口調で言う。

「誰が、誰がお前を解雇するんだ？」

「それは、クラウス様でございます……」

「……今の俺が、そう簡単に解雇にすると思うか？」

俺が言うと、彼女は顔を上げてハッとした表情になる。

「クラウス様……？」

「俺の専属メイドはずっとアンナだ。それはこれから一生、変わることはない」

「……本気で言ってるのでしょうか？」

そう聞かれ、俺は真剣な表情で頷いた。

その俺の反応を見た彼女は、ジワジワと泣きそうになる。

「わっ、私なんかでいいのでしょうか……？」

「いいに決まってる。というかアンナがいいんだ、アンナじゃなきゃダメなんだ」

まだ俺としての付き合いは一週間程度だ。

でも彼女の境遇とか、思いとかはちゃんと伝わってきた。

「まあ要するにさ、俺はアンナに大切にされたから、そのお返しがしたいってだけなんだ」

「ありがとうございます、本当にありがとうございますっ！」

うわぁっと涙を流しながら彼女はそう叫んだ。

まあそうだよな、彼女はここで捨てられたら、そこれそ餓死してしまうだろうし。どんなによくても、奴隷《どれい》落ちとかスラム生活とかだ。

そりゃ不安にもなるし、泣いてしまうのも仕方がないよな。

俺は静かに彼女のそばに寄ると、優しく頭を撫《な》でてあげた。

「これからもよろしくな、アンナ」

「はい、よろしくお願いします……」

こうして俺の新しい世界での生活は順調に進んでいくのだった。

第三話

それから一ヶ月が経った。

ロッテとの約束通り、パッと見ただけで痩せたと分かるくらいには減量した。

まあまだ太ってはいるほうだが、ポッチャリ程度までは落ちただろう。

以前以上のペースで痩せられたのだが、理由がある。

それはこの期間に、俺は《スキルの書》の使い方も少し学習したからだ。

それがなぜ、痩せたことに繋《つな》がるかというと……《スキルの書》に書かれた文章をタップすると、その能力を無効化できるらしいことを発見したのである。

このおかげで、《惰眠》の熟練度2「睡眠中、大量のエネルギーを吸収できる」を無効化できたので、寝ながらエネルギーを蓄えて太っていく……なんてこともなくなった。

さらに最近は、うちの領地の騎士団長であるムーカイの指導も受けている。

ムーカイは黒い短髪で黒目のおっさんだ。

いかにも騎士団長らしく、ガタイがよく顔も厳《いか》ついが、落ち着いた立ち振る舞いのおかげか、粗《そ》野《や》な印象はなかった。まあ、騎士だから民に威圧感を与えるような見た目ではいけないんだろうけど。

俺はまだメインの屋敷ではなく離れのほうに住んでいるのだが、彼は毎日離れまで来て、剣術の座学と鍛錬をしてくれている。

そのおかげで、《剣術》スキルの経験値がグングンと上がっている。

もう少しでレベル２になるので、そこで解放される能力が楽しみだった。

「クラウス様ッ！　太刀筋《たちすじ》が鈍っておりますぞ！」

まあ――なかなかに厳しい訓練で、毎日筋肉痛に悩まされているのだが。

ムーカイはマジで俺を殺そうとするくらいの威力で、木剣を振るってくる。

――ガキッ！

鈍く木と木がぶつかる音が響き、俺の小さな体は吹き飛ばされた。

ゴロゴロと芝生を転がり、体中をすりむきながらなんとか止まる。

ムーカイは俺に向かって歩いてくると、手を差し伸べてきた。

「ふむ、今日はこのくらいにしておきますか」

「いや。まだ、まだいける」

「ダメです。体力と集中力が落ちてきているので、これ以上やったら明日に響きます」

確かにムーカイの言う通りだった。

正直なところ、既に限界ギリギリだ。

でもこの状態で訓練を続ければ、上達するという確信がある。

俺は体重が減っていく快感や、剣術が上達する快感を知ってしまったのだ。

この快感を知ってしまったらもう戻れない。

「そこを何とか……」

「…………はあ、分かりました。あと一回打ち合ったら終わりですよ？」

そう言ってムーカイはバックステップで俺から距離をとると、再び木剣をまっすぐに構えた。

その途端《とたん》に、先ほど以上の気迫が襲ってくる。

今度こそ、一撃で諦《あきら》めさせるつもりなのだろう。

「では——行きますよ」

そんな言葉と共に、ダンッと地面を蹴《け》る音が聞こえる。

次の瞬間には、ムーカイは俺の目の前まで来ていた。

俺は辛うじてその動きを目で追いつつ、何とか木剣を頭の上に構えて防ぐ。

――その瞬間、頭の中に文字が浮かび上がった。

《剣術》（レベル２：０／５００）
熟練度２：剣術スキル《疾風斬《しっぷうぎ》り》を使えるようになる。

それは《スキルの書》で見るのと同じ書体で、本を開いていないのにその言葉がぱっと浮かんで消えた。

どうやら今、ムーカイの一撃を防いだことで《剣術》スキルのレベルが上がり、熟練度2が解放されたらしい。

俺が使えるようになったのは、疾風斬りという技のようだ。

どういうわけか、俺はそのスキルの使い方をなんとなく察していた。

「――疾風斬り」

俺はムーカイの剣の威力を殺しきれずに吹き飛ばされて地面を転がるが、ぽつりとそう呟き、スキルを発動させる。

途端に、俺の持っていた木剣が青白く光を帯びた。

そして俺の意思とは別に、体が勝手に動き出し――

ものすごい勢いで俺は飛び出すと、ムーカイに向かって斬り上げる。

――ブンッッッ!!

ムーカイは驚いた表情で木剣を握り直すと、そのまま俺の木剣を防ぐ。

すると……

――ボキィ！

木の折れる鈍い音が聞こえてくる。

そしてムーカイの持っていた木剣が、根元から折れていた。

「……クラウス様、今のは？」

自分の持っている折れた剣を見ながら、ムーカイが問いかけてくる。

「なんか勝手に頭の中に浮かんできたんだ」

俺が隠さずにそう言うと、彼は少し思案するように指先を顎《あご》に当てる。

「おそらくですが、クラウス様はノーマルスキルをお持ちなのでしょう。スキルは特別な人にしか与えられないものです。クラウス様がスキルを持たれているのでしたら、早めにガイラム様に報告したほうがいいかと思います」

考え込みながら言葉を紡《つむ》ぐムーカイに、俺はふと気になって訊ねてみる。

「なあ、ユニークスキルとノーマルスキルって何が違うんだ？」

「……ユニークスキルは本当に英雄レベルの人が持つものです。百年に一人いたらいいとか、それくらい貴重なものですね」

「そ、そうか……」

「しかし、なんでユニークスキルのことを？」

「い、いや、英雄譚《えいゆうたん》で読んだんだ」

まさか持っているとは言えないのでそう誤魔化すと、ムーカイは納得したように頷いた。

うん、ユニークスキルのことは隠していたほうがよさそうだな。バレたらとんでもない騒ぎになりそうだ。

幸い、スキルを無効化する方法は分かっている。

それで無効化しておけば、教会なんかで調べるって話になっても、隠せる……と思う。

俺が内心冷や汗をかいていると、ムーカイがまっすぐに見つめてきた。

「このことは私からガイラム様に話してもいいですか？」

「ああ、もちろんだ。頼んだ」

「それでは、今日の訓練はこれで終了です」

ムーカイはそう言って、馬に乗って屋敷のほうに駆《か》けていった。

すると、少し離れたところで俺たちの訓練の様子をずっと見ていたアンナが、弾む声で話しかけてきた。

「す、すごいですねっ、クラウス様！　スキル持ちなんてそうそういないですよ！」

「そうなのか？」

「そうですよ！　これならガイラム様もすぐにでも、戻ってくるように仰るでしょう！」

まるで自分のことのように喜んでくれるアンナ。

なんかそのことが気恥ずかしくて、俺はアンナにちょっと冷たく言った。

「……そ、そんなことより、夕食の準備をしてくれ」

「はいはい、分かってますよ。クラウス様は意外と可愛いところありますよね」

ふふっと笑みを浮かべながらアンナはそう言った。

まるで俺が照れ隠しをしているのを見抜かれているみたいだ。

ますます恥ずかしくなって、頬が熱くなり視線を逸らすが、彼女のほうから覗《のぞ》き込むように視界に入ってくる。

「クラウス様。私はあなたがどんなことをしようとも、ずっとお供しますので」

「……なんだよ、俺が悪いことをするみたいじゃないか」

「スキルを持った者は自分を特別だと思い、増長する者も多いのですよ」

「俺がそうだとでも？」

「……ふふっ、そうでした。クラウス様は変わられたんですものね」

そう言うアンナも、最初の頃に比べて結構砕けてきた気がする。

軽口も言うようになってきたし、笑顔も増えてきたように思う。

「それじゃあ、私は夕食の準備をしてきますね」

そう言ってアンナは、夕日を浴びながら離れに戻っていった。

俺はその背中を見ながら、明日のことを考える。

明日は一ヶ月ぶりに、ロッテとのお茶会があるのだ。

約束通り痩せてきたが、それとロッテと打ち解けられるかは別問題だ。

ちょっと頑張らないとなと、気合いを入れ直すのだった。

◇　◆　◇　◆　◇

今日はロッテとのお茶会ということで、朝から大忙しだった。

化粧をしたり、何が違うのかよく分からないジャケットを何枚も着てみたり。

まあ基本的に俺は、アンナにされるがままだったのだが。

前回はここまでのことはしなかったのだが、なぜかアンナがやる気満々だったのである。

そうして現在俺は、アンナによって鏡の前に座らされて、細かい化粧をされていた。

繊細《せんさい》なタッチで、俺はどんどんマシな容姿になっていく。

彼女は小一時間ほどかけて化粧を終えると、俺を見て頷きながら言った。

「よしっ！　これでクラウス様でも、ロッテ様と釣り合うくらいにはなりました」

「なんだよ、俺でもって。普段は釣り合ってないみたいに言うなよ」

「じゃあクラウス様は、本気で今の自分でロッテ様と釣り合うと思っているのですか？」

「……いや、思ってないけどさ」

なんかアンナの毒舌《どくぜつ》が日に日に鋭くなっている気がする。その分、砕けてきたってことなんだろうけど。

それに確かに、俺は痩せたとはいえ、まだぽっちゃりの範囲内だ。

将来、傾国の美少女とまで言われるほど美しくなるロッテに比べたらただの豚だ。

そもそも、そんな可愛い彼女がなぜ、俺なんかの婚約者になっているのか、という話があるのだが……

そこには、以前の俺に原因がある。

ロッテが飛びきりに可愛いということで、昔の俺が強引に婚約を結んだのだ。

ロッテの家は子爵家で、俺の家は公爵家である。

その身分差を盾にして、無理やり……というわけだな。

「ロッテ様、可愛いですからねぇ。私でも憧《あこが》れてしまうほどに品があります」

「まあ可愛いけど。彼女の本気の可愛さはこんなもんじゃないぞ」

何を隠そう、俺が転生以前にこのゲームで一番推していたのは、ほかならぬロッテだったのだ。

彼女の可愛さの真骨頂は、時折見せる茶目っ気にある。

小悪魔的で、ちょっと遊び心がある。しかも、最初はクールを装っていたってのもまたポイントが高い。

ゲームキャラの人気投票なんかもあったのだが、そこでもナンバーワンだったっけ。

「なんかロッテ様のことをよく分かっているみたいな言いぶりですね？」

そう不思議そうに首を傾げるアンナの問いには答えず、俺は椅子から立ち上がった。

「ともかく、そろそろロッテが来る時間だろ？　迎えに行こう」

「おお、クラウス様が紳士です……本当に成長なされましたね」

迎えにすら行かないって、昔の俺はどんだけ傲慢《ごうまん》だったんだ……

とかなんとか思いながら、俺は庭に出ると、馬車が来るのを待つのだった。


「……本当に痩せられたのですね」

馬車から降りてきたロッテは、俺を見るや否《いな》や、そんなことを言った。

「ああ、約束したからな」

「……本当のことを言うと、クラウス様のことだから、また約束をなかったことにするのかと思ってました」

「……俺の信用はそんな程度か」

ポツリと呟いた俺の言葉には反応がなかった。

やっぱり、俺の信用は低い状態だったと思ったほうがいい。

と、こんな庭の真ん中で立ち話し続けるわけにもいかないな。

そう思って、俺は彼女に手を差し伸べた。

「ほら、お茶会の準備をしてあるんだ。とりあえず先に食堂に行こう」

「……ええと、この手は？」

彼女は俺が差し出した右手をジッと見ながら、そう訊ねてきた。

あれ、前回も同じようにエスコートしたと思うんだけど……

何やら警戒するような視線が込められている気がする。

だから俺は慎重《しんちょう》に、でも警戒心を解いてもらえるように気楽な感じで言う。

「いやだって、そんなヒールはいてたら芝生は歩きづらいだろ？」

俺のその言葉に、彼女は俯きながらボソッと言った。

「もう、クラウス様のことが本当によく分からなくなってきました」

「え？　なんて？」

「いえ、なんでもありません——ではお手を失礼します」

俺は掴《つか》んできた彼女の手を握り返すと、そのままエスコートして離れに案内した。

前回は庭だったが、今回は室内でのお茶会だ。

ロッテを食堂まで案内すると、俺たちは長い机に座った……少し離れた位置で。

……うん、この絶妙な距離感がめちゃくちゃ気まずい。

なんか、友達の友達と二人きりになったときの気まずさに似ている。

いやぁ、コミュ障の俺にはかなりきついぞ、これ。

「……クラウス様」

そう先に言葉を発したのはロッテだった。

彼女は運ばれてきた紅茶のカップを見つめながら言葉を続ける。

「約束通り、クラウス様の変わろうと思う気持ちを、信じてみようと思います」

「……ありがとう、ロッテ」

「だから——私もクラウス様にもっと素の自分を見せられるように努力したいと思います」

そう言った彼女のほうをチラリと盗み見ると、なんかすごい真剣な、まさに覚悟を決めたといったような表情をしていた。

おーい、そこまで重く考えなくていいのに。

まあ彼女からすれば、このことは一大事なのだろう。

「じゃあさ、まずは笑ってみようか」

「……笑うのですか？」

「そうだよ。やっぱりさ、人間笑顔って重要だと思うんだよね」

相手を笑顔にするってのも大事だが、やっぱり自分が笑顔でいるってのも大事だと思う。

コミュニケーションは感情のキャッチボールなのだ。

相手だけとか自分だけってのはダメで、二人のバランスを取ってあげないといけない。

だから自分自身も笑顔になろうって努力も大事だと思う。

……まあ、元々コミュ障な俺は、それがめちゃくちゃ苦手だったんだけど。

でもこのクラウスとして生活して、みるみる痩せていくうちに、自分に自信を持てるようになった。そのおかげか、こうしてロッテとも話せているのだ。

当のロッテはといえば、ニコリと笑おうとして、どこか引きつった感じになっていた。

俺はそれを見て、思わずプッと噴《ふ》き出してしまう。

「……む、何かおかしいですか？」

「ぷぷっ。ああメチャクチャ怖いよ、その笑顔」

「こ、こわっ、怖いですかっ？」

「うん、意外とお化け屋敷のお化け役とか似合うんじゃないか？」

「ひ、酷いですっ！　私、そんなこと言われたことないです！」

ロッテは目をまん丸にしてそう言う。

そうなのだ。

彼女は今まで、美しさとか可愛さとかを賛美されてきたんだろう。

容姿や表情を笑われたり、いじられたりした経験はないはずだ。

逆に言えば、美しくあるということは、彼女にとってはとてもプレッシャーになっていたとしてもおかしくない。

自分は絶対に美しく可愛くなきゃいけないいんだって。

その責任感というか重荷のせいで、うまく笑えない状態になってるんじゃないかと思ったのである。

だから俺はわざと彼女の表情をいじって、自然に笑えるように促してあげた。

「……クラウス様って意外と失礼なんですね。今まではねちっこく褒《ほ》めてくるだけだったので、知りませんでしたよっ」

「ああ、ごめんごめん。でもロッテも褒められるのにはもう飽きただろ？」

「……確かにみんなから褒められすぎて、逆にウンザリしていたところですけど」

ロッテはそう言うと、フッと軽い微笑《びしょう》をたたえた。

その微笑みは今までと違って、とても自然な表情だった。

「クラウス様って思ったより気が利くんですね」

「思ったよりってなんだよ。俺は誰よりも気が利く男だぞ」

「意外と、本当にそうかもしれませんね」

くすくすと、悪戯《いたずら》っぽく言うロッテ。

うん、まあ今日は彼女のこの笑みを引き出せただけよしとしよう。

そう思いながら、俺は続けてロッテになんてことのない話題を振るのだった。

しばらく他愛のない世間話をして、お茶会は終了した。

あの後はまあ、さっきよりはリラックスして会話してくれたと思う。

ロッテはどこか軽い表情で、離れを出て帰っていった。

これで一歩前進かな。

今日一日の予定を終え、すっかり疲れきった俺が部屋に戻ってベッドに身を投げたとき、扉がノックされた。

「あの、クラウス様。今よろしいでしょうか」

それはアンナの声だった。

俺は身を起こすと扉越しに返事をした。

「ああ、大丈夫だよ」

俺が答えると、彼女は部屋に入ってきた。

いつものメイド服姿ではなく、既に寝巻姿だ。

おいおい、メイドが寝巻で主人の部屋に来ていいのか。

……まあアンナにメイドらしさは求めていないからな、俺は別に構わないんだけどさ。

「失礼します」

彼女は部屋に入ってきたのはいいものの、どこに立てばいいのか分からない様子でキョロキョロしていた。

いつもだったら扉の脇《わき》に立って控える、みたいな感じなのに。

どういうつもりなのかいまいち分からないが、とりあえず俺は手持ち無沙汰《ぶさた》にしている彼女に声をかけた。

「ほら、キョロキョロしてないでとりあえず座りなよ」

そう言って俺は、ベッドの脇を軽く叩いた。

「あ、ありがとうございます」

アンナは遠慮がちにそう言うと、チョコンとベッド脇に腰をかける。

「で、急にどうしたの？」

「……………クラウス様って意外と人たらしなのでしょうか？」

「人たらし？　そうなのかな？　違うと思うけど」

「そうでしょうか？　私には、今のクラウス様はとても人に好かれる性格をしているように感じられます」

なんか、彼女の言いたいことが要領を得ない。

言いたいことがあるんだけど、直接言えないみたいな、そんな感じだ。

「いやぁ、そんなことはないと思うけどなぁ」

「絶対そうです。クラウス様はおそらく、これからもたくさんの人に好かれていくでしょうね」

うん、どこか棘《とげ》のある言い方である。

俺が人に好かれてほしくないみたいな物言いだよなぁ。

……って、なるほど。

もしかしてアンナは、俺がロッテと仲良くし始めているのを見て嫉妬《しっと》したのかな。

「ははっ、意外とアンナって嫉妬深い性格なんだな」

俺がそう言うと、彼女は顔を赤く染めて俯いてしまった。

そして恥ずかしそうにボソボソと言う。

「すみません、こんな不出来なメイドで」

「いやいや、大丈夫だよ。そもそもアンナはずっと俺の専属メイドだって言っただろ？　その立場は誰にも奪われはしないよ」

「…………ありがとうございます」

それでもソワソワしている彼女に、俺はこう声をかけた。

「まあ言葉だけで安心しないなら、専属のメイドとして一つ命令するよ」

「……なんでしょうか？」

「そうだな、それじゃあ俺を寝かしつけてくれないか。最近なんだか寝つきが悪いんだよね」

「わ、分かりましたっ！　が、頑張ります！」

俺が横になると、彼女はその横に寝っ転がった。

うん、どうやら彼女は俺と添い寝をしてくれるらしい。

そしてその日の夜は、彼女の温もりに包まれながら眠りにつくのだった。

第四話

ロッテとのお茶会から、一週間が経った。

この一週間は引き続き、毎日サボらずに、ダイエットのために訓練をしている。

前のようなだらしのない体型はもう影を潜《ひそ》め、かなりスマートになったと思う。

しかしまだまだロッテの隣に立てないと思うので、これからも精進《しょうじん》していくつもりでいる。

そんな日々を過ごしていたのだが、俺は今、父のいる屋敷に呼び出されていた。

スキルに関することと、前に提案した体重計のことで話があるらしい。

俺はアウスの案内で馬車に乗り、そのままガタガタと揺られながら屋敷に向かった。

その途中、アウスがふいに、御者台《ぎょしゃだい》からこちらを振り返る。

「クラウス様。今日でガイラム様はクラウス様の最終的な処遇を決定されるようです」

その声には、何の感情のこもっていなかった。

「……そうか。分かった、肝《きも》に銘《めい》じておこう」

ってことは、今日の話次第で、屋敷に戻れるか決まるんだろう。

もしかすると場合によっては、追放されたりするんだろうか。

うーん、流石にまだ死にたくないぞ。

そんなことを考えていると、いつの間にか緊張してしまっていたのが隣に座っていたアンナにも伝わったようで、彼女は優しい笑みを浮かべた。

「大丈夫ですよ、クラウス様。今のクラウス様なら、必ずガイラム様もお認めになられるはずです！」

「……そうだよな、今まで通りにやってれば大丈夫だよな」

「その意気ですよ、クラウス様！　それに、もしクラウス様が追放されても、私はついていきますから！」

「……ありがとう、アンナ」

彼女の励ましのおかげで少し元気が出た。

俺は頬をパンっと叩いて気合いを入れ直すと、まっすぐ屋敷を見据えるのだった。

この間と同じ部屋で、俺は父と対面する。

「来たな、クラウス」

入室するや否や、父は静かにそう言った。

「はい、来ました。父上」

「……ムーカイによると、どうやらお前にはスキルが生まれたらしいじゃないか」

いきなり本題に入った父の言葉に俺はあえて返さず、黙って父が話を進めるのを待った。

父はしばらくジッと、威圧するように俺を見つめていたが、やがて相好を崩す。

「ふっ……嘘や誤魔化しではなさそうだな。まあムーカイのことは信頼しているし、嘘ではないだろうとは思っていたが」

父はほんのわずかに微笑を浮かべた。

うん、やっぱり俺の信頼度は低いらしい。

まあこれからだな、これから。

それから父はパンパンと手を叩く。

どうやら事前に決めた合図だったらしく、メイドが部屋の扉を開ける。

彼女に案内されて入ってきたのは、祭服を着た、いかにもな宗教家だった。

年齢は六十代とかだろうか、白髪《しらが》やシワが目立っている。

服装からすると、おそらく教会の関係者なんだろう。

ステータスは教会で見られるという話だったから、スキルも彼なら見られるんだろうか。

俺がじっと見つめていると、父が口を開く。

「彼は今日、お前のスキルを鑑定《かんてい》してくれるナルカ枢機卿《すうききょう》だ。わざわざ王都からお越しくださった」

大体は俺の予想通りだったが、彼が枢機卿というのは意外だった。

枢機卿ってかなり地位が高くなかったっけ？

それに、父がへりくだって言ったってことは、公爵家と同等か、それ以上の権力を持っているってことだ。

俺は精一杯の礼儀を込めてお辞儀をし、挨拶《あいさつ》を述べる。

「初めまして、ナルカ枢機卿。私はミュラー公爵長男、クラウスでございます」

そう言うと、ナルカ枢機卿は驚いたような表情でこちらを見た。

そしてそのまま、父のほうに顔を向ける。

「噂《うわさ》とは違って、クラウス様は相当、聡明《そうめい》な方のように見えますが」

「……我が息子は最近、心を入れ替えたようでして。それ以来、とても賢くなったのです」

「そうですか……なるほど。スキルというものは人格にすら作用することもあるらしいのですが、もしかしたらそれも影響してるのやもしれぬ」

ふむ、よかった。なんか勝手に解釈《かいしゃく》してくれたようだ。

しかし父上、なんというか言い方に棘があるような……いや、元々の俺の境遇を考えれば、よほどのことをしてきたんだろうけどさ。

ともかく、ナルカ枢機卿の言葉に父も納得したように大きく頷いた。

「そうなのか。道理でクラウスが聡明になったわけだ」

「これは相当なスキルをお持ちかもしれないですな」

二人して盛り上がり始めたが、一方で俺は頭を悩ませていた。

一応、《スキルの書》の機能で、隠したほうがよさそうなスキルは隠してきた。

でも今思えば、もう少ししっかり考えて隠してくるべきだったかもしれない。

今朝、改めて《スキルの書》を確認して表示と非表示を切り替えたのだが、こんな感じに設定しておいた。

ノーマルスキル

《惰眠》（レベル３：５９７／１０００）
過剰な睡眠を取ることによって熟練度が上がる。
熟練度１：快適な睡眠を得ることができる。
熟練度２：睡眠中、大量のエネルギーを吸収できる。
熟練度３：睡眠中、自然治癒（小）を得る。
熟練度４：＊＊＊＊＊＊＊＊＊＊

《剣術》（レベル２：１３／５００）
剣状の物質を振るうことによって熟練度が上がる。
熟練度１：剣の扱いがほんの少し理解できる。
熟練度２：剣術スキル《疾風斬り》を使えるようになる。
熟練度３：＊＊＊＊＊＊＊＊＊＊

非表示にしたのは、ユニークスキルの《スキルの書》だけだ。

他の二つは隠しても隠さなくても、あんまり変わらなさそうだと思ったから隠さなかった。

《惰眠》と《剣術》なんて、そう大したスキルじゃなさそうだしな。

でも《惰眠》も隠しておくべきだったかもなぁ、とか今になって思い始めた。

かといって、今ここで《スキルの書》を取り出してスキルをいじり出したら、ユニークスキルを持っていることがバレるだろう。

そもそも《スキルの書》が俺以外の人間にも見えるのかどうかは不明なのだが、それをここで試すにはリスクが大きすぎる。

そのため、ここで《惰眠》の無効化ができるはずもなかった。

ちなみに、通常は非表示になったスキルは完全に無効化されるのだが、《スキルの書》自体は無効化されずにただ見えなくなるだけらしい。

まあ、見ることすらできなくなったら、どう有効化するんだって話だからな。

「――では早速、スキルを確認してみましょう」

そう言ってナルカ枢機卿は、懐《ふところ》から小さな水晶玉を取り出した。

「これは神託水晶《しんたくすいしょう》と呼ばれる、スキル鑑定のための特別な道具です。本来なら王都にある巨大なものを使いたかったのですが……残念ながら大きすぎて持ち出せないので、今回はこの小さな水晶で我慢《がまん》ください。これでも情報を見ることはできますので」

まあそう言われても、俺には大きいとか小さいとかの違いも知らないのだ。我慢してくださいも何もないのだが。
それにこれで情報が見られるなら、別に問題ないんじゃないか？
「ではクラウス様。この水晶の上に手をかざしてください」
俺が内心で首を傾げているとそう言われたので、水晶の上に手をかざした。
すると水晶が眩《まばゆ》く光り、空中に文字が浮かび上がった。
なんか、すごいファンタジーだ……
今更なことを思いながら、俺はその文字を読んだ。
……うん、ちゃんと《スキルの書》は隠されているらしい。
それと、スキルレベルとか、熟練度とかの表示もなかった。
書いてあるのは《スキル：惰眠》と《スキル：剣術》という文字だけ。
《スキルの書》での表示みたいに、具体的に何ができるかは書かれていなかった。
しかしそれを見たナルカ枢機卿は驚いたような声をあげた。
「ス、スキルが二つもありますぞ！」
「なにっ！　二つだとっ！　剣術だけではないのか⁉」
ナルカ枢機卿の声を聞いた父も、同様に驚きの声をあげる。
……ええと、スキルが二つあるのはマズいのだろうか？

ムーカイにスキルのことを聞いたときは、「特別な人のみが持つ」みたいな話だったから、珍《めずら》しくてもいくつかスキルを持ってる人がいるんじゃないかと思ったんだけど……

そう恐々《きょうきょう》としていると、感動したようにナルカ枢機卿が俺の手を取った。

「スキルが二つもある人間はそうそうおりません！　やはりクラウス様は、神に選ばれし人間なのかもしれませんな！」

そ、そうなのか、やっぱり《惰眠》は隠しておくべきだったな……

しかし後悔先に立たず。

俺はこっそりとため息をつく。

ナルカ枢機卿はそんな俺の様子には気付かず、真剣な表情で父のほうを見た。

「しかし、このことは公《おおやけ》にしないほうがいいでしょうな」

「そうですな。これが知られれば、方々から面倒な圧力を受けることになるでしょう」

面倒な圧力？　政治的にまずいのだろうか。

俺はそう思いつつも口を挟めず、二人の会話を眺めるしかできない。

「では、教皇《きょうこう》様にのみお話しすることにいたしますので」

「ああ、そうしてくれると助かる」

ふむ、これは結構な一大事かもしれんぞ。

そう思うがこうなった以上、俺は流れに身を任せるしかない。

そして話は勝手に二人で進んでいき、俺はぼんやりとそれを眺めているしかできなかったのだった。


結局、まずはナルカ枢機卿から教皇に報告する……ということだけが決まった。

何か問題が起きたら、彼から俺に連絡してくれるとのこと。

一応そのときの対応なんかも話してはいたのだが、俺ができることはたいしてなさそうだった。

ナルカ枢機卿が言っていたように、スキルが二つある人間はかなり珍しいようなのだが、そのほとんどが大成しているらしい。

たとえば、近衛《このえ》騎士の騎士団長や、教皇の護衛を務めている、聖人《せいじん》なんて呼ばれる実力者も、二つ以上スキルがあるらしい。

もちろん、スキルが二つあれば必ず成功するってわけじゃない。

スキルを持ったうえで、それを使いこなせないとどうしようもないと枢機卿は言っていた。

ただ、それでもそもそもスキルを持っていること自体が珍しいので、とても期待しているとも言ってくれた。

ともかく、彼のおかげでいろいろと知れたのは大きい。

これから先、スキルがもし増えるようなら、しっかりと隠したほうがいいということも分かったわけだし。

枢機卿が頭を下げて部屋を出ていったあと、俺は父と話そうと口を開きかけ――

そのタイミングで、今度はこの間の女学者が部屋に入ってきた。

「クラウス様！　私はあなたを逃しませんよ！」

なんかめちゃくちゃ怖いこと言われた気がする。

うん、気のせいだったってことにしよう。

というか結構失礼なことをしてるんじゃないかと思って父を見たのだが、諦めたように息をつくだけだ。

たぶん彼女は、常にこの調子なのだろう。

俺も諦めていると、女学者はまくしたてる。

「体重計は大体、出来上がりましたが！　しかしクラウス様にはもっと色々な発明をしてもらいたい！　そして大陸一の学者になってもらうのです！」

ええと、それはそれで面倒だなとか思うが、どうにも逃してはくれなさそうだった。

俺はこのまま彼女に話させると大変だと思ったので、とりあえず話題を変える。

「まあ、それは置いておくとして……もう体重計ができたのか」

「はい！　既に運用可能までに至りました！」

すごく仕事が早いな、まだ一ヶ月くらいしか経っていないのに。

「じゃあ、まずその体重計を俺に使わせてくれ。しばらく使って問題がなさそうだったら、量産することにしよう」

「はい、かしこまりました！　これでクラウス様ももっと痩せられますね！」

よしよし、これで俺のダイエットも捗ることになる。

そう考えていたら、父が不意に口を開いた。

「で、量産するのはいいとして、その体制はどうするつもりだ？　それに人々に売るなら、流通についても整える必要があるだろう」

その言葉はおそらく、父から俺に与えられたミッションだ。

それくらいできるようにならなければ、公爵家としてやっていけないぞという含みを感じ取ることができた。

「流通は……まずは自分の足で街を見て回り、肌で領民のことを感じてこようと思います」

「ふむ。それで、量産のほうは？」

「それも街を見て回りながら考えようと思っています」

俺の言葉に、父は深く頷いた。

「……そうか。それでは明後日、街に出てみるといい」

「明後日ですか？」

明日じゃないのか？　こういうのは早ければ早いほどいいものだと思っていたが……

「そうだ。明後日は街で祭りがある。そこで領民のことを知ってくるといい」

なるほど、そういうことか。

確かに祭りの最中のほうが、領民たちの明るい姿を見ることができるだろう。

気分もオープンになっているだろうし、生の声も聞けるかもしれない。

それに、俺は転生してきてから、ずっと離れと、たまにこっちの邸に来るぐらいしかしておらず、公爵家の敷地から出たことがない。

どんな街並みなのか、全く想像もつかなかった。

うん、外に出るのってすごいワクワクするな。

「ではクラウス、話はこれで終いだ。一週間後からこの屋敷に住めるように準備をしておくから、お前も備えるように」

「……いいのですか？」

「ああ、もちろんだ。お前は改心をし、そのことを俺に示してくれた」

そう言いながら、父は柔らかい表情を見せる。

「ありがとうございます！」

やった、これで俺の追放ルートはなくなったな。

順調に進み始めた自分の第二の人生に、俺は心を躍らせるのだった。

第五話

二日後、俺はこの世界に来て初めて、人里というものを訪れていた。

父が治める公爵領はとても栄えているらしく、公爵家のある高台から下ったところにある街の大通りは、屋台やら何やらで大賑《おおにぎ》わいだった。

馬車で公爵家の敷地の出口まで行って、後は徒歩で見て回ることになっている。

ちなみに今日は、『王国建国祭』という祭りの日らしい。

なんでも、このグルルカ王国が設立された日が今日なのだとか。

「らっしゃいませー！　オークの串焼《くしや》きはいかがですかァ！」

「こっちはブラッドラビットのスープだよ！　飲んでいきな！」

元気なかけ声に、俺はワクワクする。

なにせオークとかブラッドラビットとか、いかにもファンタジーな生き物の名前が聞こえてきたのだ。

俺はまだそういった生き物と遭遇《そうぐう》していないので、やっぱり実在するんだとテンションが上がった。

いや、本とかは読んだから、存在するのは知ってたんだけど……人々が話してるのを聞くと、実感が湧《わ》くんだよな。

俺は興奮したまま、一緒に歩いている私服のアンナとムーカイを振り返る。

「なあ、オークとかブラッドラビットって魔物だよな？」

その問いには、ムーカイが答えてくれた。

「ええ、そうですね。オークやブラッドラビットは、この街の周辺の森でも出現しますね」

「そうなのか。じゃあ街を出たら結構危ないのか？」

「はい、普通の人間は、護衛もつけずに外に出ることはないでしょうね」

この異世界は、思ったより厳しいみたいだ。

でも俺はそんな世界に興奮を抑えきれず、続けて訊ねる。

「じゃあ、そういう護衛をする仕事みたいなものあるんだ？」

「ええ、もちろんですとも。彼らは冒険者と呼ばれ、護衛の仕事だったり、魔物の討伐《とうばつ》だったりを生業《なりわい》としていますね。冒険者ギルドという組織に所属し、そこで仕事を斡旋《あっせん》してもらうのです」

「へぇ、そうなんだ」

大体は、俺が知ってるファンタジー作品の設定と同じだな。

ゲームをやってるときは、あんまり冒険者ってワードは見なかった気がするけど……

俺が頷いていると、ムーカイが首を傾げる。

「……あの、もしかしてクラウス様も冒険者に興味が？」

「ん？　俺『も』ってどういう意味？」

「それは……若い頃のガイラム様は冒険者に憧れ、旅をしていたことがあるものですから」

「へえ、そうなのか！」

「まあ、学園をサボってまで旅をしていたので、当時のご当主様——クラウス様のお爺様《じいさま》に、ひどく怒られていましたが」

父上、そんなことをしていたのか。ちょっと意外だな。

「冒険者ギルドってどこにあるんだ？」

「すぐ近くにありますよ……ちょっと行ってみますか？」

ちょっと見てみたいなー、でも怒られるかなー、なんて思いながら訊ねると、ムーカイは意外にもあっさりと頷いた。

「まあ……幼い頃は上から押さえつけるのではなく、興味があることをやらせてあげたほうがいいですからね」

「え！　いいのか？」

そう言うムーカイは確か、二児の父だったはずだ。

実際に彼が子育てをするうえで、彼なりにそう決めているのだろう。

ムーカイに俺は甘えて、ギルドに連れていってもらうことにした。

賑わっている大通りを逸れ、俺たちは路地に入っていく。

するとそこでは、厳つい男たちがたむろしていた。

こちらを興味深そうに見てくるんだが……うん、ちょっと怖いなこれ。

「ここはギルドへの最短ルートで、本当はもう少し賑わっている通りもあるんですけどね。この街は全体として治安が悪いわけではありませんし、私もいるので安心してください。まあ、離れると危ないですが」

ムーカイは俺たちを先導しながらそう言った。

なるほど、どうやら彼は俺を少しビビらせるためにこの道を選んだらしい。

それから歩いて三分くらいでその路地を出て、小さな通りに出た。

通りの向かいには、西部劇に出てくるような酒場みたいな建物があった。

「……ここ?」

「そうです。じゃあ入りますよ、気を引き締めてくださいね」

そう言ってムーカイは、木の扉を開き中に入っていった。

俺とアンナは慌てて、彼の後ろにピタッとついていく。

「いらっしゃいませ」

中に入ると、カウンターにいる女性がそう声をかけてきた。いわゆる受付嬢《うけつけじょう》ってやつだろうか。

カウンターの外にはテーブルがいくつもあって、酒を飲んで談笑している男たちがたくさんいる。

中には女性も交ざっているが、彼女らはゴリゴリのマッチョか魔法使いのようなローブを被っているかの二択だった。

みんながこっちを興味深そうに見てきていて、メチャクチャ居心地が悪い。

そんなことを思っていたら、酔っぱらっているらしき男が唐突《とうとつ》に近づいてきた。

「おい、お前さん方。ここがどこか分かっているのか?」

威圧するように睨《にら》みつけてくる男。

しかし周りは特段止める者もおらず、むしろ囃《はや》し立てたり、興味なさげに酒を飲んでいたりと様々だった。

するとムーカイが俺たちを守るように一歩前に出て、凄《すご》むように言う。

「そりゃあ分かっていますとも。冒険者ギルドでしょう？」

「分かってるじゃねぇか。ってことは、軟弱者《なんじゃくもの》はお呼びじゃないってのも分かっているよなァ？」

「ええ、もちろん」

チロリと唇《くちびる》を舐《な》めながら、絡んできた男は直剣を抜く。

それを見たムーカイも同じく剣を抜いた。

――その瞬間、このギルド内は二つの反応に分かれた。

一つはムーカイの威圧を受けて、ガクガクと震え出す者たち。

もう一つは、レベルが低すぎるのか、ムーカイの威圧に気付かないまま、囃し立て続ける者たちだ。

……いや。一組だけ、興味深そうにこちらを見てくるグループがいた。ムーカイの実力に気付いてはいるが、特段怯えてもいないようだ。

そもそもムーカイは公爵家の騎士団長だ。実力はかなりのものだし、怯える者が出るのも当然のことだろう。

それでは対峙《たいじ》する男はどうかというと……相変わらず楽しそうに剣を構えたままだ。

緊張している様子もないし、本気で気付いていないようだ。

「剣を抜いたってことはこの俺様とやるってことだよなァ！」

そして甲高い気味の悪い声でそんなことを言った。

「ああ、もちろんだ」

ムーカイがそう答えるが、しかしそこで俺はちょっくら言葉を挟んでみる。

「ちょっと待ってよ、ムーカイ。ここは俺に任せてよ」

「……ですがクラウス様。こやつは腐っても冒険者ですよ？」

「まあまあ、俺の実力はムーカイも知ってるでしょ？」

「知っておりますが……実戦と訓練では違うのですよ」

「そんなことを言っていたら、いつまでたっても戦えないじゃないか」

俺の言葉にムーカイは黙ってしまった。

というわけで、俺は腰に差しておいた子供用の直剣を引き抜く。

「おいおい！　こんな子供が相手かよ！」

馬鹿にしたように、男が大声で叫ぶ。

そして男はゲラゲラ笑いながら、その剣を振りかざそうとして――

「待ちな」

ハスキーな女性の声がギルド内に響き渡った。

チラリと声のしたほうを見ると、先ほど興味深そうに見てきていたグループのうちの一人が立ち上がっていた。

燃えるような赤髪をポニーテールにしている女性だ。

意志の強そうな瞳や、スラリとした体躯《たいく》など、どことなく強者感が漂《ただよ》っている。

「……ッ！　《灼熱《しゃくねつ》の剣士《けんし》》アミラが俺に何の用だよ！」

「まあやめとけって言いたかったんだ……その小僧、多分対人戦の力加減が分かっていないからな」

そう言われて俺はハッとする。

確かにこいつがメチャクチャ弱かったら、間違って殺してしまっていたかもしれない。

明らかにムーカイよりは弱いし、俺がいつもムーカイと訓練しているノリで攻撃したら、避《よ》けられなかっただろう。

危ないところだった、彼女に……アミラと呼ばれた女性に止めてもらわなきゃ、俺は今頃人殺しになっていてもおかしくなかった。

すると、アミラに言われた男が相変わらずの大声を放つ。

「なんだとッ！　俺がこんなガキに負けるとでも！」

「ああ。絶対にお前じゃ勝てないよ」

そう言いきったアミラを、男は歯を食いしばって睨みつける。

でも力関係がハッキリしているのか、男はそれ以上何も言わなかった。

「さて、小僧。相手が欲しいなら私がなろう。何、私はこれでもSランクの冒険者だからな。多分不足はないだろう」

事前にムーカイに冒険者ギルドの仕組みについて聞いていなかったから、そのSランクというのがどれくらい凄いものなのか正直分からない。でも元の世界の知識からすると、相当高いほうなのだろうとは思う。

そんなアミラの言葉に、周囲で酒を飲んでいた男たちが思わず息を呑《の》んだ。

「おい、あの小僧死ぬんじゃないか？」

「大丈夫かよ。灼熱の剣士が相手とかヤバいんじゃないか？」

そんなヒソヒソ声が聞こえてくる。

俺はそれを聞き流しながら、気になっていたことをアミラに訊ねる。

「どうして俺とやってくれるんだ？」

「ああ、それはお前があのおっさんの威圧を目の当たりにしても、飄々《ひょうひょう》としていたからだ」

「……気が付いてない可能性だってあっただろ？」

「そりゃないな。あんな近くにいて、しかも私たち冒険者の様子も冷静に観察していたお前が気付かないはずがない。それに、前に出てきたときのお前の体の使い方は一流のそれだったしな」

最近鍛え方にも拍車がかかってきて、お腹のほうもスッキリしてきている。

ギリぽっちゃりとは言えないくらいにはなっていた。

そのおかげもあって、身のこなしがとても軽いのだ。

おそらく彼女はそこを見て、俺の実力を判断したのだろう。

そしてその判断をできる彼女は、Sランクに相応《ふさわ》しい実力を持っているのだろうということが伝わってきた。

流石にそんな人と戦って、無事でいられる気がしないんだが……

そんな俺の内心を見抜いたように、アミラは笑みを浮かべる。

「ふっ、流石に手加減はするさ。お前はただ全力でかかってくるだけでいい」

「……分かった。じゃあ頼んでみることにする」

「そうこなくっちゃ。じゃあルーナ、ここの訓練施設借りるからな」

アミラが受付嬢のほうを向いてそう言うと、ルーナと呼ばれた受付嬢は、慌てた様子で頷いた。

「わ、分かりました。いいですけど、絶対に殺しちゃダメですからね！」

「わぁってるって。じゃあ行くぞ、小僧」

そしてギルドの奥に歩いていくアミラの後について、俺も歩き出すのだった。

ギルドの奥は、広々とした広場になっていた。

ここがギルドの訓練施設か。

さっきは見ているだけだった冒険者たちも、俺の後ろにいたムーカイやアンナに続いて、訓練施設に入ってくる。

結構観客が多いな……と思っていたら、アミラが声をかけてくる。

「小僧、やるからには気を抜くなよ。死ぬからな」

そう言って獰猛《どうもう》に笑った。

おいおい、殺すなってさっき言われたばかりじゃないか。

しかし彼女はやる気満々らしい。

メチャクチャ楽しそうに準備運動をしていた。

「……本気を出してもいいのか？」

「もちろんだとも。お前の護衛も大したものだが、私はそれよりもよっぽど強いからな」

ふむ、ムーカイが護衛だってのもバレてしまっているのか。

彼女の洞察力だけでもよほどの強者だってのが分かる。

アミラがムーカイよりも強いってのも本当なのだろう。

俺も丹念《たんねん》に準備運動を終えると、訓練施設の端のほうに置いてあった木剣を手に取って構える。

「じゃあ——そろそろやろう」

アミラも同様に、木剣を手に取って笑みを浮かべる。

「ああ、そうこなくっちゃ！」

ちなみに、スキルを使うと目立ちそうなので、基本的にはスキルなしでどうにかするつもりだ。

とはいえ戦ってみて、厳しそうなら使うのもやむなしだが。

アミラはポケットからコインを取り出すと、俺に見せる。

「この銅貨を放り投げて、落ちたら試合開始だ。いいな？」

「ああ、大丈夫だ」

そしてアミラはコインを天高く放った。

クルクルと回りながらそれは地面に向かっていき、コツン、と石畳の地面にぶつかって音を立てた。

その瞬間、アミラは獰猛な笑みを浮かべたまま思いきり地面を蹴った。

ものすごい勢いで突っ込んでくる彼女に、俺は冷静に剣を構える。

その攻撃はあまりにも直線的で、俺でも正面から捉えられるほどだ。

おそらく、俺の力を試すための攻撃だろう。

それを逆手《さかて》にとって隙《すき》を突いてもいいのだが、俺はアミラの攻撃を受け止めることにした。

――ガキンッ！

木と木のぶつかり合う鈍い音が訓練施設に響いた。

俺は体重の関係で軽く吹き飛ばされたが、受け身を取りながらその勢いで起き上がる。

全くの無傷であることに気がついた観客たちは、驚きの声をあげた。

「すげぇ……あのアミラの攻撃を耐えやがった」

「まだ子供なのにやるなぁ」

そんな感心する声が聞こえてくる。

どうやらあいつらは、アミラが全く本気ではないことに気付いていないようだ。

俺はそんな観客たちの声をシャットアウトすると、目の前の敵に集中する。

「ふっ、思っていたよりもやるな。噂に聞いていたのとはだいぶ違うが、こっちが事実だしな、噂のほうが間違っていたのだろう」

余裕そうに剣をクルクルと回しながら、アミラはそう言った。

噂？　俺とアミラは初対面だし、俺の名前すら教えていないはずだが……

俺は内心で疑問に思いつつ、そんな彼女を無言でジッと見つめながら隙を窺う。

ただ、あそこまで余裕ぶった態度をしていても、隙を見せてはくれない。

おそらくこれが格の違いってやつなのだろう。

ムーカイを相手にしているときにも感じる、絶対的な壁《かべ》ってやつが聳《そび》えていた。

だがこのままだと手玉に取られて終わりになりそうで悔しい。

……やっぱりスキルは使うことにするか。

多少は騒ぎになるかもしれないが、まあたいした問題ではないだろう。

俺が使えるのは疾風斬りくらいだが、間違いなく意表はつける。

そこでチャンスを掴めるかどうかが、肝になってくるだろう。

「よし、いくぞ」

俺は口の中で小さくそう呟くと、思いきり地面を蹴った。

アミラはといえば、軽く剣を構えて、俺の攻撃を防ぐつもりのようだ。

俺はそのままアミラに接近し、ギリギリまでスキルを溜《た》めて溜めて――斬りかかる直前で地面を強く踏み、急ブレーキをかける。

それから俺は、無理やり疾風斬りのスキルを使用した。

スキルを発動すると、自動的に体が動く。

この仕組みを利用して、急ブレーキをかけた後の無理な体勢から、全力の斬撃《ざんげき》を繰り出す……という作戦だ。

「――なっ！」

目の前で止まった俺の剣が青白く光ったことで、アミラは全てを察したのだろう。

だが察したとしても、この二度のフェイントに対応するにはもう遅い。

彼女の体は急に止まった俺の動きに、思わず剣を振りきるタイミングをズラしてしまっていたのだ。

だからどうしたって俺の動きにはついてこれない……はずだったのだが。

「……しかし甘い！」

アミラがそう叫ぶや否や、彼女の剣が真っ赤に染まった。

それは、俺の剣が青白く光るのと全く同じだ。

──やはりか。

彼女も俺と同じくスキル持ちだったのだ。

ブゥンッと低い音を立てて、同時に俺とアミラの剣が振るわれた。

二つの斬撃は、俺のほうが少し速く、しかしほぼ同時にぶつかり合う。

──ガキィィィイイイイ‼

さっきとは比べものにならない大きな音を伴ってせめぎ合いが始まった。

しかしそもそものパワーが違いすぎる。

俺はすぐに吹き飛ばされてしまった。

「ガァッ！」

しかも今度は強烈な一撃で、さっきみたいにうまく受け身を取ることができなかった。

俺は何度も地面をバウンドしながら転がり、ものすごい勢いで観客のほうに突っ込んでいく。

そして観客たちを巻き込みながら、ようやくその勢いを止めた。

「あちゃ、やりすぎちゃった」

そんなアミラの声が向こうから聞こえてくる。

飄々としている彼女に、受付嬢のルーナが怒り心頭といった様子だ。

「何してるんですかッ！　あんな子供にそこまで全力を出さなくてもッ！」

「いや、全然全力じゃないよ」

「でもスキルを使ったじゃないですか！　大人気《おとなげ》ないとは思わないんですかっ！」

「いやあ、でも彼だって使ってたし」

そんなやりとりをしている横から、アンナが駆け寄ってきた。

「クラウス様っ！　大丈夫ですかっ！」

俺は巻き添えを食らった観客の中からゆっくりと起き上がる。

「ああ、俺は全然平気だけど。でも彼らのほうが可哀想かも」

俺はそう言って、巻き添えを食らった冒険者たちを見る。

みんな一緒に吹き飛ばされて地面に転がっていた。

「本当ですか？　怪我とかないですか？　どこか擦りむいてたりとか」

「いや流石に擦り傷くらいはあるけどさ」

そう言って俺がちょっと血の出ている擦り傷を見せると、アンナは目を白黒させる。

「け、怪我をしてるじゃないですか！　大変です！」

「大袈裟《おおげさ》だなぁ。そんな大事《おおごと》にするほどじゃないよ」

「で、でも……クラウス様がお怪我を……」

彼女はあわあわと狼狽《うろた》えながらそう言った。

そんな彼女を安心させるような声で俺は言う。

「これくらいなら訓練でもよくあることだよ」

「……そうなんですか？」

「ああ、もちろん」

そこまで言って彼女はようやく納得したらしい。

そんな話をしていると、ルーナとアミラが近づいてきていた。

「ほら、平気そうだろ？」

「……本当ですね。凄いです、あの灼熱の剣士の攻撃を食らってピンピンしているなんて」

しれっと言い放つアミラに、驚いたような呆《あき》れたような声でルーナが答える。

「巻き込まれた連中のほうは平気か分からんけどな」

「ああ、彼らは大丈夫でしょう。冒険者ですし」

その答えに、アミラは一瞬言葉に詰まる。

「……いくらなんでもその言い草は冷たくないかね、ルーナよ」

「いいんです。子供の戦いを喜んで見ているような人は、そのくらいがお似合いです」

どうやらルーナは、喜んで見に来ていた観客たちに苛立《いらだ》ちを覚えていたらしい。

見下すような冷たい視線を彼らに送っていた。

そんな彼女を横目に、アミラは俺を見る。

「……まあいいや。それよりも、さっき名前が聞こえたけど……クラウスって名前なんだろ？

やっぱりミュラー公爵家の長男だよな？」

「ああ、一応そうだな」

俺が彼女の言葉をあっさりと肯定すると、それを聞いていたルーナが白目を剥《む》きそうになりながら叫んだ。

「こ、公爵家長男ですって!?　そんな方だとは、し、知りませんでした！　すみません、私たちの無礼をどうかお許しください！」

そう言ってアミラの頭を押さえつけながら一緒に頭を下げてくる。

どこかアミラが不服そうにしているのが面白い。

まあアミラからしてみれば、元々俺の正体には勘付《かんづ》いていたっぽいし、その上であんな態度を取っていたのだ。今更無理やり頭を下げさせられて、不服なのだろう。

「いや大丈夫だよ。こんな強い人間とやり合えていい経験になった」

「……本当ですか？　私たち処刑になりませんか？」

「しないしない。そこまで俺は酷いやつじゃないよ」

「でも、噂では傍若無人《ぼうじゃくぶじん》だって……」

ああ、やけに焦ってると思ったらそういうことか。元のクラウスの仕打ちを色々と知っていたから、あんな態度になっていたんだな。

そんなルーナの言葉に、なぜかアンナが自慢げに返す。

「ふふふ、クラウス様は改心されたのです。今ではとても心優しい、素晴らしい方なのですよ！」

……アンナよ。それは地味に、以前の俺が酷かったことを否定してない気がするんだが。

いや、実際別人になったようなものだからいいんだけどさ。

「なるほど、そうなんだ。道理で噂とは全然違うんだね」

アンナの言葉に納得したようにアミラが頷いた。

「まあ、終わりよければ万事オッケーさ。こうして許してもらえたんだし、ほら、ルーナもそろそろ怯えるのはやめなって」

あっけからんと言うアミラに、ルーナはようやく顔を上げて、恐る恐る俺の顔を見てくる。

そこまで怯えられると逆に申し訳なくなってくるんだよなぁ。

俺が笑みを浮かべながら、ルーナに向かって手を振ると、彼女はようやくホッとしたような表情になった。

「それじゃあ今日は解散だ！　ほら、お前たちは帰った帰った！」

アミラがそう言って、しっしと周りにいた観客たちを追い払う。

これ以上何も起こらないことを悟った観客たちも帰っていった。

「――じゃあ、私も帰らせてもらうよ。これから任務がちょこっとあるんでね。またちょくちょくギルドにも顔を出してくれたら、その度に特訓してやるよ」

そう言って去っていこうとするアミラに、俺は聞きたいことがあったのを思い出した。

「あ、そういえばアミラさん。あんたの伝手《つて》でいい商人を紹介してくれないか？」

本当は、祭りを見ながらいい人がいないか探そうと思っていた。

だが、せっかく高ランク冒険者と知り合いになったので、信用できそうな人がいれば紹介してもらおうと思ったのだ。

「商人？　まあ知ってるけど、何をするかにもよるな」

「一つ、売り出したい魔道具があってね。体重計って言うんだけど」

「体重計？　……体の重さでも計るのか？」

「そうだよ」

「へえ、ずいぶん率直な名前だね。おもしろそうじゃないか。よし、いいだろう。手紙を書いてやるよ」

そして俺はアミラに、ルインという女商人を紹介してもらえた。

どうやら彼女は、街の裏路地に店を構えているらしい。

俺はアミラが書いてくれた手紙を手に、ギルドを後にしてその店に向かうのだった。

あ、ちなみに、さくっと冒険者登録はしておいた。

これで追放されても食いっぱぐれることはないだろう。

第六話

冒険者ギルドを出た俺たちは、まっすぐにルインのもとを訪ねた。

「ごめんくださぁい！」

裏路地を進み、教えてもらった店の扉を叩きながら、声を張り上げる。

しかし今更ではあるが、こんな裏路地に店を構えているような商人を、本当に信用していいのだろうか？

もっと大通りに店を構えているところのほうが、商売上手そうだが……

でも、あのアミラが紹介してきた商人だ。

彼女の人を見る目は確からしいと思えるので、今はそれを信じるしかない。

「はい、どなたですか？　おや、あなたは……」

店の扉が開き、中から女性が出てくる。

アミラに教えてもらった髪型なんかの特徴からすると、彼女がルインだろう。

ぱっと見では普通の服だが、よくよく見てみれば、こんな裏路地にはそぐわない上等な生地と仕立てだ。

公爵家の長男として、日頃上等なものに触れている俺だから気付けたが、かなり自然な着こなしである。

「――商売をやりに来たんだ。ここはアミラに教えてもらってね」

俺は単刀直入に伝えながら、彼女にアミラからの手紙を手渡す。

「商売を……？」

そう呟きつつ、ルインは手紙に目を通す。

そして最後まで読み終えると、俺をじっと見つめてきた。

「あなたは……本当にクラウス様なんですね」

「ん？　本当にってどういうことだ？」

「いえ、さっき最初に見たとき、クラウス様だと分かったのですが、ずいぶんとお痩せになったようですので。アミラからの手紙を見て、ようやく確信が持てたのです」

「ああ、そういうことか。だけど、あんたと俺は会ったことはあったかな？」

「いえ、お会いしたことはありません。ですが流石に、商売をしている土地の領主一家の顔くらいは全て覚えていますよ」

そう言うルインだったが、俺は驚いてしまった。

なんせ俺は、悪評こそ広まっているが、基本的には民の前に顔を出すことはなかったと聞いている。社交デビュー前だし、近隣貴族の間では、「傍若無人だが顔は見たことがない」存在として知られている程度だ。

しかしそんな俺のことを、このルインは一発で見抜いた。やはり只者《ただもの》ではなさそうだった。

俺が感心していると、ルインは佇《たたず》まいをすっと直して、頭を下げてきた。

「あなたの噂は色々と聞いています。改心されたことも」

「そうか、なら話は早い。俺はあんたと商売をしたい」

その言葉に、彼女の眼の色が変わった。

今までは目上の人に対するへりくだった目つきだったのに、見定めるような目つきで俺のことをジッと見つめてくる。

「……分かりました。とりあえず店の中にお入りください」

彼女はそう言って、俺たちを店の中に案内した。

店内の様相は、あの裏路地には全く似つかわしくないほど豪華だった。

飾ってある武具や調度品はどれも上等で、いかにも高級品といった感じだ。

うちにあるものより少し劣るか、それと同等くらいだろう。

俺たちは奥のほうにある応接室に案内され、ルインは紅茶を入れてくると断って、一度部屋を出ていった。

それから数分して、彼女はとても香り高い紅茶を持って帰ってきた。

そして俺たちの前に紅茶を置くと、彼女はその向かい側に座り、ジッとこちらを見つめながら口を開く。

「何を売るおつもりですか？　量産の算段や流通に関する算段は立っていますか？」

「ああ、もちろん。まずはこの資料を見てくれ」

その言葉と共に、後ろに立ち控えていたアンナが書類を取り出す。

この書類は街に出るにあたって、一応体重計の流通や量産について、自分なりに考えておいたものだ。

もちろん、流通と量産の体制については、実際に協力してくれる人が決まっていないので、大まかなイメージしか立てられない。

それでも、いつどこで一緒に仕事をしたくなる人と巡り会うかも分からなかったので、書類だけは先に用意しておこうと思ったのだ。

そしてその勘は間違いじゃなかったらしい。

「ふむ、まずは拝見させていただきます」

ルインはそう言って受け取るや否や、ものすごいスピードで読み始めた。

前世で俺が漫画を読んでいたときよりも、そのページをめくるスピードは速い。

ぶ厚かったはずの資料はものの数分で読み終えられてしまった。

そしてルインは顔を上げると、俺をまっすぐに見た。

「なかなか悪くない資料でした……でもまだ詰めが甘いですね。たとえば、店舗の設置場所に関して、ジャガー通りを第一候補としていますが……そこでいいんですか？　ここは確かに、富裕層の行き交う通りですが、学校への通り道になっているので、通行人のほとんどは健康で元気に溢れた子供や青年です。彼らが本当に、体重や健康なんか気にすると思います？　店を構えるのであれば、しっかり下見をし、その場の空気感や雰囲気を感じ取ったほうがいいです」

ルインの言う通りだった。

一応、この街の情報を色々と集め、新しいものが好きそうな富裕層にリーチするような場所にお店を構えるという仮計画にしていた。

だが、書類上での情報だけで判断し、勝手に決めつけてはダメだ。

だから俺は自分の足で街を歩き、その場の空気感を感じてから、実際の店の場所を決めようと思ったんだがな。

そこまで説明する必要もないので、俺は黙って頷いておいた。

しかし——この言葉一つで彼女が有能で、ちゃんとした知識があることが分かった。

「厳しいことを言いましたが、他の部分はよくできた計画書だと思います。今のところ及第点《きゅうだいてん》でしょう——分かりました、その体重計のお話に乗らせていただこうと思います」

ルインはそう言うと立ち上がり、こちらに手を差し伸べてきた。

俺はその手を取る。

それから彼女は机の引き出しを開け、一枚の紙を取り出すとそこに自分の血を垂らした。

「これは魔力契約書です。自分の血を垂らせば契約がなされます」

「分かった。俺も血を垂らせばいいんだな？」

俺はルインが頷いたのを見ると、ムーカイから短剣を借りて自分の小指を軽く切った。

タラリと垂れてくる血が落ちると同時に、その紙は白く光った。

魔力が俺たちの血液に反応したらしい。

「これで契約はなされました。私とクラウス様はこれで商売仲間です」

「で、これからどうするんだ？」

「クラウス様は意外とせっかちなのですね……まあ、今日は店舗の場所を下見しましょうか。お祭りで人も多いですし、あまりゆっくりは見られませんが」

そう言うと彼女は立ち上がって、上着を羽織《はお》った。

「もう行くのか？」

「ええ、善は急げですよ」

……そう言うルインだってよほどせっかちじゃないか。

とか思ったが、口にはせず俺も立ち上がった。

「当てはあるのか？」

「いくつか。ですが最終的にどこにするかは、クラウス様次第でございます」

どうやら彼女は俺主体で商売を動かしたいらしかった。

大通りに戻ると、少し日も落ちてきて、出ていた屋台も片づけに入っているところもちらほらあった。

そんな中、大男一人と美女二人を携《たずさ》え歩く子供。

うん、傍《はた》から見たら、お祭りに遅れてやってきた、いいとこのボンボンくらいにしか思えないだろうな。

するとルインが地図を手渡してくる。

「とりあえず、空いている土地を地図に書いておいたので、それを見ながら考えてください」

「助かる……でも、ルインの中には答えがあるんだろう？」

「ええ、もちろんです。でもこれはクラウス様の訓練にもなりますから」

彼女はそう言って微笑んだ。

やっぱり、俺を育てる意味も込めてこの商売を受け持ってくれたらしい。

俺は地図を睨みながら、街全体を俯瞰《ふかん》する。

体重計はそれなりの値段になりそうなので富裕層の、健康を気にするような人たちに売り出すのが一番いいだろうと考えて、仮計画を立てていた。

となるとやはり、この高級な飲食店が並んでいるところがいいか？

いや……食べ物を美味しく食べた後に健康のことを言われても腹が立つだけだ。

じゃあそうだな……うん、この訓練施設の近くが一番いいかもしれない。

騎士団や軍の訓練施設の近くなら、お金も持っている人も多そうだし、健康にも気を使っていそうだ。

「ここの、訓練施設までの道のりに店を構えるってのはどうだ？」

俺がそう言って地図を指さすと、ルインはパチパチと手を叩いた。

「流石ですね。私もその場所を考えていました」

「じゃあとりあえず見に行くか」

「そうですね。下見はちゃんとしたほうがいいですね」

そう言うと俺たちは大通りを歩き出した。

日が落ち始めているとはいえ、まだ人通りは多い。

その間を縫《ぬ》うように俺たちは歩く。

「そういえばクラウス様」

歩いている途中、ルインが話しかけてきた。

「ん？　どうした？」

「近頃この街の周辺で、強力な魔物の目撃情報が増えています。アミラたち『黄金《おうごん》の破滅団《はめつだん》』がこの街にいるのでどうにかなっていますが、いつ大きな事件が起きてもおかしくない状態です。そのことは公爵様は認知されているのでしょうか？」

「そうだったのか」

ちらりとムーカイを見るが、目を閉じて首を横に振られてしまった。

騎士団長だから何も知らないということはないはずだが……おそらくは、領民には言えないが何かしらの準備が進んでいる、といったところだろうか。

であれば、俺が迂闊《うかつ》なことを言うわけにもいかないな。

「……いや、父上のことはよく分からない。すまないな」

「そうですか――もし、機会があれば聞いてみてください。彼女たち、結構苦しい思いをしているので」

そうなのか、知らなかった。

さっき会ったときはそんな話は一切してなかったが。

おそらく俺が子供だから、みんな遠慮していたのだろう。

……そうか、だから祭りの日なのにあんなにギルドに冒険者たちがいたのか。

「分かった。家に帰ったら父上に聞いてみる」

「よろしくお願いします」

そう頭を下げた彼女の表情は、商人の顔ではなく、純粋《じゅんすい》に友人を心配している一人の女性としての顔だった。

公爵家の長男としてもこれは見過ごせない案件だ。

しっかり父に確認しておいたほうがいいな。

前までだったら何も教えてもらえなかったかもしれないが、今なら色々と聞かせてくれるはずだ。

「そろそろ着きますよ、クラウス様」

「ああ、そうだな」

そんな話をしているうちに、俺たちは目的地に着いた。

周囲の様子を窺うと、屈強な男たちが談笑しながら歩いていたり、ジョギングしていたりする。

訓練施設が近いからか、騎士団や軍の人間が多いみたいだった。

「これならみんな買ってくれそうだな」

「そうですね。問題ないと思います」

そう言って俺とルインが頷き合っていると、とある集団が近づいてきた。

「ムーカイさんじゃないですかっ！　こんなところで何をしているんですか？」

その男たちはどうやらムーカイの知り合い……というかどうやら部下のようだ。

彼らの身のこなしはとてもスムーズで、ちゃんと鍛えられているのが分かる。

「おう、お前ら。今は任務中だから話しかけるなよ」

「え？　任務中？」

男たちは俺やアンナのほうを見て、不思議そうにしている。

いまだに頭にはてなを浮かべている彼らに、ムーカイは額に血管を浮かべながら言った。

「この方がクラウス様だ。しっかり覚えておけ」

「……はっ！　す、すみません！」

その言葉を聞いた男たちは、慌てたように俺に頭を下げた。

「ああ、大丈夫だ。俺も見た目が変わったことは自覚しているしな」

「お前たち、クラウス様が改心なさっていなかったら、今頃首が飛んでたぞ」

ムーカイにそう言われ、部下たちは顔を青くする。

……俺、そんなことで首を刎《は》ねたりしてたのか？

それからムーカイがしっしと手を振ると、部下たちは失礼しますと勢いよく言って帰っていった。

そんな彼らを見送って、ムーカイが頭を下げてくる。

「すみません、クラウス様。彼らの教育は後程しますので」

「いや、大丈夫だ。あれくらいで怒ったりはしない」

俺の言葉に、ルインは顎に指を当てながら興味深そうにする。

「へえ、クラウス様は本当に変わられたようですね。しかし、ちょっと優しすぎないですか？　メリハリは必要だと思いますが」

その言葉に同意するようにムーカイは頷く。

「そうなんですよ。もう少し権力を振りかざしてくれたほうが助かる場面もあるのですが」

「……そうなのか」

まさかそんな場面があるとは思わなかったので呆然《ぼうぜん》としていると、ムーカイは頷く。

「ええ、そうですね」

「分かった。今後は意識してみよう」

それから、店の予定地になりそうな空きテナントを確認しているうちに、あっという間に日が暮れ始めていた。

アンナが空を見上げながら言う。

「そろそろ日が暮れそうですね。帰ったほうがいいかと思います」

「ああ、もうそんな時間か……ルイン、店の準備とかは頼めるか？　諸々の体制については、また改めて話し合おう」

「分かりました。それではこれからもよろしくお願いしますね、クラウス様」

そうして今日は解散となった。

俺は明日、父に魔物の話をしてみようと思いつつ、馬車へ乗りに向かうのだった。

第七話

帰り道、俺は馬車に揺られながら、先ほどのルインの言葉を思い出していた。

強力な魔物の目撃情報が増えている、か……確かゲームでも、そういった話が昔話として語られていたっけ。

ミュラー領とアーリング領が接しているジジニア山脈から、大量の魔物が下ってきた——スタンピードが発生したと。

そういえば、ゲーム内でのロッテは最初の頃、車いす生活だったな。途中で聖女のクラリスに回復魔法をかけてもらい、立ち上がれるようになっていたが。

彼女が車いすを使っていた理由は、魔物に襲われたからだったと思う。

アーリング領が魔物に襲撃され、ミュラー領に早馬で助けを求めに行く際に、運悪く魔物と邂逅《かいこう》。

命からがら助かるも、それ以来脚が動かせなくなる、みたいな話だったんじゃないかな。

しかもロッテが十歳のときの話だった気がするんだけど……すっかり忘れていたが、これって今年のことじゃないか？

……なんかすごく嫌な予感がする。

今回の、強力な魔物の目撃情報が増えている件が、そのスタンピードと繋がっているのだとしたら。

というか、ほぼ確定みたいなもんな気もするけど。

今現在進行形で、ロッテの命が危ないのではないか。

「……ムーカイ。ちょっと冒険者ギルドに戻ってくれないか？」

ギルドでいくつか確かめないといけないことがある。

場合によっては、屋敷に戻って父に報告する必要があるかもしれない。

「どうしたんですか、クラウス様？」

「急用だ。急いでくれ、頼む」

俺の鬼気迫《ききせま》る表情に、彼は何も言わずに馬車を反転させ、冒険者ギルドに向かった。

すっかり日が暮れたこともあってか、冒険者ギルドの中はすっかり宴会《えんかい》ムードになっていた。

俺はそんな人々をかき分けながら、アミラを探す。

すると端のテーブルのほうにアミラたちがいたので、俺はそちらへと向かった。

「あれ、どうしたんだ小僧。まだ戦い足りないのか？」

俺に気が付いたアミラは酒をグビグビ飲みながらそう大声で言った。

しかしすぐに、俺の表情に気が付いたのか、一瞬で真剣な表情になる。

「……どうした、クラウス様？　何かあったのか？」

「最近、魔物が増えているみたいだな」

「ああ、増えているな。おかげで苦労しているが」

「その魔物の種類は、ジジニア山脈のそれと同じか？」

そう訊ねると、彼女は一瞬黙り込んで、それからすぐに頷いた。

「言われてみればそうだな。ジジニアでよく出る魔物と同じだな」

「そうか……ありがとう、それだけ分かればいい」

やっぱり俺の予想は正しそうだ。これは急いで父に報告して、至急救援を出さないと。

慌てて出ていこうとする俺の手を、アミラが掴んだ。

「何があった、クラウス様。私たちも協力するぞ」

真剣な表情のアミラに、俺は一瞬躊躇《ちゅうちょ》する。

なにせ、スタンピードが起きているというのはあくまでも俺が持っている情報から導き出した予想でしかなく、客観的な証拠が乏しい。

その状態で、信じてもらえるか不安だったのだ。

だが俺は、アミラの表情を見て決意した。

「……おそらくジジニア山脈でスタンピードが起こってる」

そう言うと、アミラと、その近くにいた彼女のパーティメンバーが息を呑んだ。

「……そうか。なぜそれが分かったのかは聞かないでおく」

アミラは深くは聞かずに、信じてくれたようだ。

「助かる」

「で、私たちは何をすればいい？　力はあるが頭がないからな。命令してくれ」

「手伝ってくれるのか？」

「当たり前だろ。放っておいたらこの街もヤバいじゃないか」

そうか、そうだった。

ロッテを助けることばかり考えてたよ。

「そうだな……おそらくアーリング領でも、スタンピードに気付いているはずだ。となると、ロッテが早馬でこちらに向かってきている可能性が高い」

本当は原作知識から、ロッテが早馬で報《しら》せに来ることを予想しただけだけどな。

「それはアーリング家のロッテ様のことか？　令嬢がわざわざ早馬を……いや、クラウス様が言うならそうなんだろうな。つまりアーリング領から先に襲われるというわけだな。アーリング家からの至急の早馬となると、ルートは限られるな」

話が早くて本当に助かるな。

アミラはここらの地図を取り出しながら、二か所を指さした。

「おそらく優秀な早馬なら、ここと、ここで休ませることになる。まずは近いこちらのほうから、探しに行くのがいいだろう」

アミラはそう言うと、すぐに立ち上がった。

同時に彼女のメンバーも立ち上がる。

そしてアミラはギルド内に響く大声を出した。

「おい、お前たち！　今、ジジニア山脈でスタンピードが起こっているらしい！」

その言葉を聞いた冒険者たちは、ざわざわと騒ぎ出した。

そのざわめきに負けない声で、アミラは続ける。

「しかもアーリング領が既に狙《ねら》われているそうだ！」

その言葉で、冒険者たちはすぐに各々の武器を手に取ってそして立ち上がると、それぞれ覚悟の決まった顔でアミラを見る。

「我々は命を懸けて魔物を狩らなければならない！　それが宿命だからだ！」

アミラの言葉に同意するように、冒険者たちはうぉおおお！　と雄叫《おたけ》びをあげる。

その声はビリビリとギルド内を響かせた。

「諸君には今から、アーリング領に行ってもらいたい！　もちろん強制はしない！　家族のため仲間のために命を捧《ささ》げられる者だけでいいッ！」

しかしそれを聞いても、誰一人として逃げ出さなかった、武器を置かなかった。

それを見たアミラは一つ頷くと、自分の剣を掲《かか》げて叫ぶ。

「じゃあ野郎ども！　いっちょみんなを救ってやろうぜ！」

こうして冒険者たちの大移動が始まった。

そして俺とアミラは彼らの先を進むようにして、馬を走らせるのだった。

◇　◆　◇　◆　◇

クラウス様が改心されてから二ヶ月。

私、ロッテ・アーリングは今、アーリング家の領地からミュラー家へ向かう準備をしていた。

いつもなら事前に早馬で報《しら》せてから、それを追って馬車で向かうのだが、今回は早急に伝えなければならないことがあるため、私自身が馬に跨《またが》っている。

もちろん、私の小さな体じゃ早馬は操れないので、だからアーリング家の副騎士団長ジニアスが駆る馬の後ろに乗せてもらっていた。

その伝えなければならないことというのは、魔物の大量発生についてだ。

アーリング領とミュラー領が接しているジジニア山脈から、大量の魔物が下ってきそうだという報告が入ったのである。

その数は一つの家では絶対に対処しきれないほどだという。

魔物の大群は、アーリング領とミュラー領の境界から、ややアーリング領寄りの山中で発見され、その進路は領境に向かっているそうだ。

最初の発見場所が場所だけに、おそらくミュラー家はまだ、魔物の発生に気が付いていないだろう。

だが、あそこにはSランクの冒険者パーティ『黄金の破滅団』がいるらしい。彼女たちは強力な助っ人となってくれるはずだ。

「お父さん、お母さん。私は絶対に助けを連れてきますから――」

そう小さく呟くと、私の前に乗ったジニアスの体に力が入ったのが分かった。

「じゃあ、行きますよロッテ様」

「ええ。全力で頼むわ」

そうして勢いよく馬は飛び出した。

日暮れに赤く染まった草原を、ものすごい速度で横切っていく。

既に夜に差し掛かり、魔物もたくさん出てくる時間帯だ。

でもそんなことにかまっている余裕なんてなく、私たちは全力で駆けるのだった。


いつもの貴族用の馬車は、ちゃんとした街道をゆっくり丁寧に走っているので、ミュラー領までは一週間弱はかかる。

しかし今回は、緊急用のルートを使い、街道も無視して森や山の中を突っ切ることになるので、大体一日半もあれば着くだろうと言われた。

そうして私たちは今、ジジニア山脈の麓《ふもと》の森で、馬を休ませるために休息を取っている。

昨日は夜通し走り、明け方頃に一度休んだ後、再び馬を走らせて、普段早馬が使っているという森の中の広場に到着していた。

普段なら、ここを使うのは午前中や昼過ぎなど、魔物が出る確率が低い時間帯らしい。

しかし現在は日が暮れ始める頃で、魔物の動きが活発になってくる時間だ。

本来であれば休憩《きゅうけい》を取らずに、あと数時間で辿《たど》り着くはずのミュラー領の領都まで向かいたいのだが、流石に馬が限界を迎えていた。

ジニアスが周囲を見回ってくれているうちに、近くの川で汲《く》んできた水を馬に飲ませながら、私は物思いにふける。

私は幼い頃から、その美しさをよく讃《たた》えられた。

そして両親もまた、私の美しさを無邪気《むじゃき》に褒めてくれた。

そしてそのことで私は、常に美しくなければならないのだ、という脅迫観念にも似た思い込みにとらわれるようになってしまった。

美しくあることが、私のアイデンティティになっていたのだ。

どうすれば可愛く、美しく見えるのか。

それをずっと考えて生きてきた。

あまり感情を表に出さないほうが、ミステリアスな感じがして男性にウケることを知って以降、徐々に仮面を被るようになっていった。

幼い頃は明るかったが、今はどこかクールで儚《はかな》げな少女。

そういう演出を自分に施していった。

でも――心のどこかでは、自由気ままに、元気に振る舞いたかった。

友人と冗談《じょうだん》を言い合って、心の底から笑い合いたかった。

でも一度仮面を被ったら、それを脱ぐことは許されない。

なぜなら脱いだ瞬間に、今までの私というものが全て嘘になるから。

他人からは糾弾され、私も自分というものを見失ってしまう。

だから私は仮面を被ったその日から、それを捨てることができなくなってしまった。

「……なんで今頃になってこんなことを考えているのでしょうね、私は」

私は焚火《たきび》の準備をしながら、そう呟いた。

「そっか。この間、久しぶりにクラウス様のおかげで笑えたのでした」

本当に心の底からの笑顔ではなかったのかもしれない。

でも人のために笑ったわけではなく、自分のために笑ったのは久しぶりだった。

ほんの少し前まで、クラウス様は私のことを道具のようにしか思っていなかった。

自分の立場を高める道具、自分の威信を高めるためだけの美しい道具。

でもあの日から、彼は私を一人の人間として扱ってくれているような気がする。

どんな心境の変化で改心したのかは分からない。

でも彼の変化は、私をひどく困惑させた。

——今の彼なら、私の仮面をはがしてくれそうな気がする。

そのことがとても嬉しく、同時にとても怖かった。

「……って、そんなことを考えている場合ではありません。今は急ぐことだけを考えないと」

私は立ち上がって馬を撫でる。

馬にはできるだけ早く体力を回復してもらわなければならない、残酷《ざんこく》なことだけど。

実はさっきから定期的に、ジニアスが戦っているような音が聞こえてきてはいた。すぐにやんでいたから、あっというまに魔物を倒しているんだろう。

それにしても、現在は夜だから魔物の数が多いのも分かるが、結構な頻度《ひんど》で戦っているようだ。

だんだんと不安が募っていく。

今頃、アーリング領は大丈夫なのだろうか？

それに私たちは無事にミュラー領に辿り着けるのだろうか？

と、そのときだった。

巨大な破壊音が響いて、目の前を何か大きなものが、ものすごい速度で通り過ぎていった。

飛んでいったほうを見ると、そこにいたのはボロボロになったジニアスだった。

彼は頭から血を流し、腕が変な方向に曲がっている。

反対方向、彼が飛んできたほうを振り向くと――そこには、巨大なジェネラルオークが立っていた。

ジェネラルオーク。

それはオーク種の中でも特別な知性と膂力《りょりょく》を持つ、いわゆる上位個体だった。

「逃げて……ください。ロッテ、様……」
息も絶え絶えにジニアスがそう言う。
しかし私は、恐怖で足がすくんで動けなかった。
オークが吠《ほ》えた。
森全体が震えるような巨大な音に、私は死を悟った。
ああ――私は死ぬんですね。まあこれも、自分を偽っていた罰なのかもしれません。
そしてジェネラルオークは一歩踏み出した。
獰猛に犬歯をむき出しにして、歩み寄ってきた。
私は目をつぶった。
死を直視できなくて、目をつぶった。
――そのときだった。
「ジェネラルオークか。思ったよりデカいな……まあアミラが来るまでは持つかな？」
そんな緊張感のかけらもない声が響いた。
それはどこか温かみのある、聞いたことのある声だった。
恐る恐る目を開けると、そこには見知った人物が立っていた。
「……クラウス様？」

「そうだ、クラウスが来たぞ。もう安心していいからな」

その言葉は、私の心にゆっくりと浸透して、私は安心させられる。

「私は……死ななくていいんですか？」

「ああ、ロッテはどんなことがあっても死なないよ。まだね」

何やら確信したような声でそう言うクラウス様。

「まあ俺が来なくてもロッテは死ななかったんだが」

何を言っているのかよく分からないが、それでもいてくれるだけで安心感が違った。

「スキルは……うん、アミラとの戦闘でレベルが上がってるな。これならいけそうだ」

私からはよく見えないが、クラウス様は何やら手元を見ながら呟いている。

「……あの、クラウス様。どうしてここに？」

「ああ。ただ思い出しただけだよ。ロッテが車いすに座っていたってね」

「車いす、ですか……？」

彼の前でどころか、そもそも車いすには座ったことがない。

私には彼の言っていることの大半が分からない。

でもそれでいいかとも思った。

あの日から、彼のことなんてよく分からないのだから。

そして長い――とても長い夜が始まろうとしているのだった。

第八話

一つ目の休憩場所で、俺はロッテを見つけた。

しかし同時に、何やら騎士の格好をした人物がロッテのほうに吹き飛ばされてきて、巨大な魔物が休憩場所に歩み寄っていくのも見えた。

ちなみに、乗っているのが子供の俺だったからか、俺が乗る馬は途中からアミラを引き離していて、今は俺一人だ。

俺はすかさず馬を降りて適当にそこらへんに繋げると、ロッテの元に駆け寄った。

確かこの魔物は……

「ジェネラルオークか……思ったよりデカいな」

俺は思わずそう呟く。

うーん、これは最悪死ぬかもしれないな。

「まあアミラが来るまでは持つかな？」

とはいえロッテの前で弱気になるわけにはいかないので、俺は威勢のいい言葉を放つ。

するとロッテが、力なく声をあげた。

「……クラウス様？」

「そうだ、クラウスが来たぞ。もう安心していいからな」

「私は……死ななくていいんですか？」

「ああ、ロッテはどんなことがあっても死なないよ。まだね……まあ俺が来なくてもロッテは死ななかったんだが」

後半は小さく、ロッテには聞こえないように呟く。

「そういえばスキルは……」

先ほどのアミラとの戦闘でレベルアップしているはずだ。

俺は頭の中でスキルと唱え、ロッテからは見えない角度で、《スキルの書》を出す。

ユニークスキル
《スキルの書》（レベル２：６／５００）
　スキルを使用することによって熟練度が上がる。

熟練度1：魔石（小）からスキルを得る。
熟練度1：スキル使用時、威力増加（小）が付与される。
熟練度2：魔石（中）からスキルを得る。
熟練度3：＊＊＊＊＊＊＊＊＊＊＊

ノーマルスキル

《惰眠》（レベル3：987／1000）
　過剰な睡眠を取ることによって熟練度が上がる。
熟練度1：快適な睡眠を得ることができる。
熟練度2：睡眠中、大量のエネルギーを吸収できる。
熟練度3：睡眠中、自然治癒（小）を得る。
熟練度4：＊＊＊＊＊＊＊＊＊＊＊

《剣術》（レベル3：9／1000）
　剣状の物質を振るうことによって熟練度が上がる。
熟練度1：剣の扱いがほんの少し理解できる。

熟練度2：剣術スキル《疾風斬り》を使えるようになる。
熟練度3：剣の扱いがそれなりに理解できる。
熟練度4：＊＊＊＊＊＊＊＊

「うん、アミラとの戦闘でレベルが上がってるな。これならいけそうだ」

やっぱりレベルが上がっていた。

しかも《スキルの書》のレベルが上がっているのはデカい。

熟練度2「魔石（中）からスキルを得る」というものが解放されていた。

しかしそれにしても、《剣術》スキルの熟練度3の『それなり』がどの程度かは分からない。

でも剣を握った感じ、アミラほどではないにしろ、かなり上手く扱えそうだ。

俺が《スキルの書》を消しながら剣を抜いていると、後ろからロッテの声がかかった。

「……あの、クラウス様。どうしてここに？」

「ああ。ただ思い出しただけだよ。ロッテが車いすに座っていたってね」

「車いす、ですか……？」

おっと、スキルがレベルアップしてテンションが上がっていたせいで、余計なことを言ってし

まった。

しかしロッテはそれ以上追及してくる様子はない。

「ロッテ、とりあえず今は離れていてくれるか？」

「わ、分かりました」

その声と共に、ロッテの気配が俺から遠ざかっていく。

それを確認した俺は、ジェネラルオークを挑発《ちょうはつ》するように声をあげた。

「いくぜ、ジェネラルオーク。俺はまだ死にたくないんでね、勝たせてもらうよ」

その言葉を理解したわけでもないだろうが、ジェネラルオークはグルルァと大きく吠える。

そして俺が剣を構えると同時に、拳を振りかざして突っ込んできた。

「グルルァアアアアアアア！」

「——チッ！」

思ったよりも奴の速度が速く、俺はいったんその攻撃を避けて体勢を立て直す。

この図体であんな速度出すなんて聞いてないぞ。

しかし知性はあまり高くないのか、その攻撃は直線的だ。

オークは避けられたことに気が付き、キョロキョロと辺りを見渡して俺を再び見つける。

そして——ニヤリと笑ったような気がした。

その瞬間、俺は思いきり真横に吹き飛ばされていた。

………何が起きた？

俺は何にも理解できないまま、ゴロゴロと地面を転がる。

頭がグワングワンと揺れ、吐き気が襲ってきた。

「——ゲェッ！　ゲェェ！」

三半規管《さんはんきかん》が揺さぶられ、俺は地面に伏したまま嘔吐《おうと》してしまう。

オークは腕を回しており、あの拳で薙《な》ぎ払われたのだと理解した。

一撃がすごく重い。

当然のことだが、奴は俺を本気で殺しにきている。それをひしひしと感じた。

そこで俺はようやく、まだ日本に住んでいた頃の、平和ボケが抜けきっていなかったことに気が付いた。

でも、ここは本気の殺し合いが行われる異世界なのだ。

気を抜けば一瞬で殺される、殺伐とした世界だ。

俺は改めてそのことを認識すると、立ち上がって吐瀉物《としゃぶつ》を拭った。

「……そうか、ここは俺の知っている世界じゃないんだよな」

そしてもう一度剣を握る。

どうせ死なないだろうという、甘ったれた考えはもう捨てた。

そもそも俺は主人公でないのだ。

「……ああ、そうだよな。忘れてたぜ。俺はただのかませ役で、主人公じゃないんだった」

「――ッ！　クラウス様！」

そう呟いた瞬間、俺たちの戦いを見ていたロッテが叫んだ。

オークが再び拳を握り、こちらに駆け出そうとしているのが見える。

しかもその右手は、青白く輝いていた。

スキルを使おうとしている……もしかすると、さっきの一撃も何かスキルを使ったのかもしれない。

魔物もスキルを持っているんだなと、妙に冷静な頭で考える。

……さて、どうするか。

「……といっても、真正面から戦うしかないんだがな」

そしてオークは再び、まっすぐ突っ込んできた。

俺はもう、その攻撃を避けようとは思わない。

覚悟は決まった。

――奴に勝ち、生き残る覚悟が。

剣を引き体を思いきり捻って、左後ろにググッと構える。

そして一瞬の静止。

直後、俺はオークに向かって勢いよく飛び出した。

まさか俺が突っ込んでくるとは思っていなかったのだろう、意表をつかれたオークは、驚いたように目を見開く。

慌てて拳を振るおうとするが、それよりも俺の剣を突き刺すほうが速かった。

――ガッッッツツツツ!!

轟音《ごうおん》が森中に響き渡り、空気をビリビリと揺らす。

俺は奴の胸元に、剣を突き入れたのだ。

筋肉に阻まれて、俺の手もジンジンと痺《しび》れるが、ここで負けるわけにはいかない。

「うぉおおおおおおおおおおお!!」

雄叫びをあげて思いきりオークの胸に剣をねじ込んでいく。

剣がようやく半分ほど胸に埋まったところで、オークが痛みで顔を歪《ゆが》ませながら、俺を思いきり殴り飛ばした。

それにより俺は剣の柄から手を離してしまい、再び吹き飛ばされる。

体中に傷をつけながら地面を何回もバウンドして、思いきり木の幹にぶつかってようやく止まった。
「……やったか？」
俺は霞《かす》む視界でオークのほうを見た。
流石に心臓に剣を突き刺したら奴も死ぬだろう。
そう思っていたが……
奴はニヤリと笑うと、自分の胸に突き刺さった剣を軽々と引き抜いた。
そこにあった傷は、まるで逆再生のように塞がっていく。
「……嘘だろ」
絶望した俺は、思わずそう呟いてしまった。
決死の一撃だった、これで決めなければ負ける覚悟だった。
でも、そんな一撃はもうなかったことになってしまった。
「クラウス様っ！」
ロッテが必死に叫んでいるのが聞こえる。
しかしオークはそちらへ一切興味がないのか、ゆっくりと俺に近づいてきた。
まるで恐怖を煽《あお》るように、絶望に追い込むように、ゆっくりと――
俺の体は既に、先ほどの二度の攻撃によって満身創痍《まんしんそうい》で、もう動きそうにない。

なんとか体を引きずりながら、俺は腕の力だけで、奴から遠ざかろうとする。

でもそんな速度で逃げきれるはずもないのだ。

と、そのときだった。

おそらくロッテの連れていた騎士が狩ったのだろう、魔物の死体が近くに転がっているのが目に入った。

そしてその胸元に、紫色に輝く、中くらいの魔石があるのに気付く。

俺は無意識のうちに、必死に手を伸ばしていた。

伸ばして、伸ばして、伸ばして、そして——

右手を伸ばし魔石が指先に触れた瞬間、その魔石は紫色の光を発した。

その途端、頭の中に膨大《ぼうだい》な情報がなだれ込んでくる。

《スキルの書》の効果、魔石の吸収によるスキル習得が発動したのだ。

——これなら戦える。

近づいてくるジェネラルオークの足音が聞こえる。

ロッテが必死に俺に向かって叫んでくるのか聞こえる。

やけに冷静になった俺は、そんな雑多な音を聞きながら考えた。

それは、さっき心臓を抉《えぐ》ったはずが、あっさりと回復されてしまったことについてだ。

奴にもおそらくこういった魔石が存在し、それを破壊しないと殺せないのだろう。

魔物との戦いの経験がなく、ムーカイにも教わっていなかったため、全く知らなかった。

しかし要は、奴の魔石を破壊さえすれば倒せるということだ。

そして今の俺には、その術《すべ》が──新しいスキルがある。

問題は、初めて使うスキルがうまくいくかというところだが……

「だが……やるしかねぇよなぁ」

そう呟き、俺は立ち上がった。

ボロボロで、まともに立つこともできず、視界もボンヤリと霞んでいる。

それでも俺はロッテのため、そして生き残るために勝たなければならない。

「行くぜ、化け物。俺は絶対に生きて帰ってやるからな」

頼みの綱は、さっき習得したばかりのスキル。

ノーマルスキル

《無属性魔法》（レベル1：0／100）

無属性の魔法を使うことで熟練度が上がる。

熟練度1：スキル《身体強化》を使えるようになる。
熟練度2：＊＊＊＊＊＊＊＊＊

身体強化はその名の通り、体の機能を一時的に高めてくれるスキルだ。
これを使えば体が動くのだが、問題はスキルの持続時間は三分だということ。
つまり俺が今から戦えるのは三分だけなのだ。
その間に、ジェネラルオークの魔石を見つけ出し破壊する必要がある。
俺は早速スキルを発動して、地面の木の枝を拾う。
なにせ、俺がさっきまで使っていた剣は奴の足元に落ちていているのだ。
武器になりそうなものはこれしかなかった。
そんな木の枝を持つ俺を見て、ジェネラルオークはフルルと笑った。
癪《しゃく》だが、笑われるのも仕方ないだろう。
それでもこれでどうにかするしかないのだ。
覚悟を決めたそのときだった。
突然、奴の後ろから、クルクルと回転しながら一振りの剣が飛んできたのだ。

俺の足元に突き刺さったそれは、おそらく俺が使っていたものよりも上等で、アーリング家の紋《もん》章《しょう》が書かれていた。

剣が飛んできたほうを見ると、ロッテと、倒れたままの護衛らしき騎士の姿があった。

どうやらロッテが、あの騎士の剣を投げてきたらしい。

「クラウス様っ！　それを使ってくださいっ！」

大人用の剣で俺にとっては少し大きかったが、それでも木の枝よりかは役に立つだろう。

「──ありがとう！」

そのやり取りを見ていたジェネラルオークは、今度は怒りの視線をロッテに送った。

このまま俺が負ければ、間違いなく次の標的は彼女になるだろうな。

……うん、やっぱり絶対に負けられなくなった。

俺は剣を正面に構える。

奴も右腕にスキルを発動させ、右足を引く。

──瞬間、時が止まったような気がした。

それほどまでの緊張感だった。

ジェネラルオークが腰を落とし、そのはずみで足元にあった枝がパキッと折れる。

その音と共に、奴は思いきり踏み込んできた。

「グルルァアアアアアアアアアアアアアアア！」

凄《すさ》まじい声に、気圧《けお》されそうになる。

それでも俺は気合いを入れて奴の懐に潜《もぐ》り込むと、身体強化を使って無理やり奴の右腕を斬り落とした。

ザクっという小気味いい音と共に、簡単にその腕が落ちる。

それも身体強化とこの新しい剣のおかげでできた芸当だ。

右腕を斬り落とされたジェネラルオークは、もうスキルは発動できない。

「ガァアアアアアアアアアアアアア！」

森中を震わせるような叫び声をあげるジェネラルオーク。

体勢を崩しているが、しかしそこで油断する俺じゃない。

やはり、奴は痛みのせいか顔を歪めながらも、その右腕はすぐさま再生されていく。

対して俺の残り時間は、おそらくあと二分くらいだ。

「……きちぃな、これ」

思わず零れた独り言。

だが奴の背後を見ると、そこには祈ってくれているロッテの姿があった。

「……弱気になるなよ、俺。勝って生きて帰るんだろ？」

そう呟き、俺は再び剣を正面に構えた。
次に狙うのは、奴の頭部、脳みそだ。
心臓に魔石がなかったので、頭にあるだろうと当たりをつけたのだ。
しかし身長差があるので、飛び上がらないとその頭まで届かない。
「いくぜ！　ジェネラルオークッ！」
俺は腰を落とすと奴との間合いを詰めていく。
そして目の前に迫った所で、深くしゃがんで飛び上がった。
奴もこれでもかと右腕を引き、強烈な一撃を繰り出そうとしている。
そして俺たちはすれ違うように攻撃をして——
——パキィイイイイイ!!
何かが割れるような音が響き渡った。
ジェネラルオークの頭には大きな傷ができていて、巨大な魔石が露《あら》わになっていた。
しかもうまく剣が当たったようで、大きなヒビが入っていた。
魔石は紫色の光を帯びていたが、徐々にその光は失われていく。
そしてバタンという音と共に、ジェネラルオークは地面に伏した。
「……勝ったのか？」

その呟きは、静寂《せいじゃく》を取り戻した森にやけに響く。

しかしやはり、倒れたジェネラルオークはそのまま動かない。

ついに倒したのだ。

俺はそれを確認したところで、緊張の糸が切れた。

膝《ひざ》をつき、倒れ込むように地面に近づいていくが、横たわる前にロッテが寄ってきて支えてくれた。

「クラウス様っ！　クラウス様っ！」

ただ名前を叫んでいただけだったが、その声からは安堵と喜びが感じられた。

そして俺も、その声を聞いてやけに誇《ほこ》らしく思えた。

この声や感情は俺が救ったのだという自覚が、ようやく芽生えてきた。

「ロッテ……無事か……？」

「はい、無事ですっ！　クラウス様のおかげで無事ですっ！」

それを聞いた俺は安堵と疲労で、急激に意識を手放すのだった。

◇　◆　◇　◆　◇

目を覚ますと、爽《さわ》やかな風が頬を撫でていた。

目を開け辺りを見渡すと、見覚えがある部屋だった。

どうやらここは公爵家の医務室みたいだった。

窓の外はすっかり日が昇っていて明るい。

「……ロッテはッ！」

俺はさっきまでの記憶を思い出し、勢いよく起き上がった。

すると俺の寝ていたベッドの脇に一人の少女が突っ伏しているのが見えた。

「……ロッテ」

俺を心配して看病《かんびょう》してくれていたのだろうか。

どうやら俺の声で起きてしまったらしく、彼女はゆっくりと頭を上げて、こちらを見た。

「クラウス様……？」

「おはよう、ロッテ。いい朝だね」

俺がそう言うと、ロッテはようやく意識を完全に覚醒《かくせい》させて、飛びついてきた。

「クラウス様！　目を覚ましたんですね！」

「ああ、おかげさまでね」

「よかったです、無事で！　三日も眠ったままだったから、私、このまま目を覚まさなかったらどうしようかと……」

目に涙を溜めながら、彼女はそう言った。

俺はずっと寝ていたのか。

「俺は……あの後どうなったんだ……？」

「クラウス様が倒れた後、アミラさんたちがやってきてクラウス様を運んでくれたのです」

なるほど、だからここにいるのか。

「それにしても、よかった。ロッテが無事で」

「クラウス様は……やはり本当に変わられました。貴方は私にとって、もう――」

そこまで言って、彼女は言いづらそうに、恥ずかしそうに口を噤《つぐ》んだ。

これ以上待ってもその続きは聞けなさそうだったので、俺は話題を変える。

「……スタンピードはどうなったんだ？」

俺がそう訊ねると同時に、部屋の扉が開いてアミラが入ってきた。

「それは私から説明しようか」

「アミラも無事だったのか」

「そりゃあ、小僧なんかよりよっぽど丈夫だからな」

彼女はそう言ってニヤリと笑った。

まあ確かに言われてみればそうだ。俺が心配するほどでもないだろう。

「で、スタンピードだが……お前さんの報告のおかげで、早急に対処できたよ。ミュラー領の騎士団もしっかり準備してたらしくて、入り込もうとしてきた魔物を撃退した後、そのまま山で魔物を排除したんだ。アーリング領のほうも、致命的なことになる前に、冒険者の増援が間に合った。山に近い一部の集落で被害はあったが、住民も避難《ひなん》済みだったらしいしな。魔物は多かったようだが、アーリング領とミュラー領の両方で対処できたから被害を抑えることができたんだ」

なるほど、俺が気付けて本当によかった。

「ってことは……？」

「まあ簡単に言うと、もう脅威は去ったってこったな」

よかった……

ホッと胸を撫で下ろしてると、アミラは近づいてきて俺の頭をグシャグシャと撫でた。

「ところでだが、ジェネラルオークほどの強い個体は出なかったんだ」

「……つまりどういうことなんだ？」

「ってことはだな、今回の件では、お前が一番の活躍だったたってことだ」

そんなことを言われても、必死に戦っていただけだから、あんまり自覚はない。

しかし自覚がないからと言って、ないことにはできないらしい。

「それで、一、二ヶ月後にはなるが、直々《じきじき》にグルルカ国王から表彰《ひょうしょう》されるそうだ」

「……へ？」

「だからまずは王都に向かう準備をしろ、とのことだ」

表彰だって？　そんなバカな。

そこまで大事《おおごと》にしなくてもいいと思うが。

「ふっ、自分のやったことの偉大さをまだ理解していないみたいだな」

「ああ、全く分からない。どうしてこれだけで表彰されるんだ？」

「スタンピードを止めた功績、そして貴族令嬢を命をかけて救ったのもでかいな」

「一つ目は分かるけど……二つ目はどういうことだ？」

「貴族令嬢は国の財産だ。貴様も公爵家長男ならその意味が分かるだろう？」

いや、転生してきた人間だから、その意味なんてよく分かっていないが。

でも貴族令嬢は国にとってとても大事なものらしい。まあ、貴族の結婚が政争に使われるイメージもあるし、そういうものなんだろう。

「それに、スタンピードを止めたことも、お前が思っているより大きな功績になるな」

「そうだったのか？」

「ああ。通常スタンピードは、時間が経つにつれて規模が大きくなっていくんだ。人を襲い、あるいは近くの群れと合流し、魔物の集団は成長していく。いずれは国を滅ぼすこともあるくらいだ……今回だって、気付かぬ間にアーリング領が壊滅していてもおかしくなかったし」

そうだったのか。

ゲームでは昔話として簡単に語られただけだったし、そこまでの脅威だとは思わなかった。

「それを今回は早い段階で気付き、しかも群れのリーダーを討伐した。おかげで敵は弱体化し、群れが小さいうちに殲滅《せんめつ》できたんだ。将来の被害の可能性を考えたら、相当大きな功績だよ」

そこまでかぁ。

「その表彰は辞退できないんだろうか？」

俺がそう訊ねると、アミラはいきなり腹を抱えて笑い出した。

「プハハハハハ！　国王からの表彰を辞退しようとする人間なんてお前くらいだぞ！」

「……そうかな？」

「そうだとも。まあ辞退なんてしたらよろしくないことになるだろうな」

「よろしくないことって……？」

「国王自身が何も言わずとも、その周囲の貴族からの圧力をもろに受けることになるはずだ」

なるほど、政敵を無駄に作ることになるってことか。

「……分かった、受けるよ」

「まあ既に政敵はどんどんと増えていると思うがな。英雄的な働きをしたんだからな」

そうなのか、面倒くさそうだなぁ。

そしてアミラは今度はロッテに向かって言った。

「ロッテ様。おそらくこの小僧は今度もっとデカいことをしでかすに違いない」

「私もそう思います」

そんなふうに思われていたのか。

デカいことしでかすって言われると、なんだか恥ずかしい気分になる。

「だから婚約者として、クラウス様を支えてやってくれないか？」

「もちろんです。言われなくても私が支えてみせます」

なんか女同士で勝手に盛り上がっている。

しかしあのロッテからそんな言葉が聞けるとはなぁ。

うん、ロッテとの関係も少しは進展したのかな？

「それじゃあ私はスタンピードの後処理があるんでね。これで失礼するよ」

そう言ってアミラは部屋を出ていった。

そして残された俺とロッテ。

彼女は恥ずかしそうに俯きながら、俺に向かって口を開いた。

「クラウス様、私はあなたのことを誤解していました」

「いや、仕方がないと思うよ」

なにせ元のクラウスは酷い奴だったみたいだし。

「でも……いえ、私はこれからあなたの側から一生離れませんので、覚悟していてください」

彼女は俺の言葉に一瞬何か言おうとしたがすぐに引っ込め、覚悟のこもった表情でそう言った。

「そうか……まあもう見捨てられないように、俺も努力するよ」

そう言って俺はロッテに微笑み、ロッテもそれにつられて微笑んだ。

その微笑みは今まで以上に魅力的《みりょくてき》で、美しかった。

自然な笑顔だったのだ。

——そのとき、バタンと大きな音で扉が開く。

「失礼します！　クラウス様が起きられたと聞きましたので、お食事を持ってきました！」

そう言うアンナの表情は、どこか怒っているように見える。

それを見たロッテは彼女に不服そうな視線を送る。

しかしそれを飄々と受け流すアンナ。

やっぱり俺には、人たらしの才能があるのかもしれないとか少し思ってしまうのだった。

第九話

俺がジェネラルオークと死闘を繰り広げてから、一ヶ月が経過した。

俺は今、表彰式のために王都へ向かう馬車の中にいる。一週間ほどかけて、既に王都は目の前だ。

この一ヶ月の間に体重計も完成し、量産、販売まで行われるようになっていた。

そして体重計のおかげで、俺はみるみる痩せている。

身長は百四十五センチくらいで、体重は四十五キロと標準体重くらい。しかも筋肉がついているので、体重に比べて見た目は細い。

それに加え髪も伸びてきていて、最初とは見違えるほどオシャレになった。

そんな俺を見て、アンナもロッテもよく褒めてくれていた。

「――クラウス様、そろそろ王都へ到着する時間でございます」

馬車に一緒に乗っているアンナにそう言われ、馬車の窓を開け外を見る。

王都はちょっとした丘の麓にあり、周囲を川に囲われている。さらに街の中央にも、川が一本流れている。

川には巨大な橋が何本もかかっており、建物は全て赤レンガの屋根に白い漆喰《しっくい》の壁で統一されているそうだ。

巨大な円状のコロシアムのようなものや、町の中心には映画で見るような城がある。

俺の隣から窓の外を覗いていたアンナが、呆然としている。

「凄いですね……私も王都は初めて見ました」

「ああ、デカいな。俺たちの街も結構デカいと思っていたが、比べものにならないな」

しかし王都だから当たり前か。

ここまで広いのならたくさんお土産を買えそうだ。

まだそこまで儲《もう》かっているわけではないが、体重計を売った収入があるのだ。売り上げがそこそことはいえ、十歳の子供が持つには大きすぎる金額なので、それでロッテにお土産でも買おう。

「ロッテ様にも見せたかったですね」

「そうだなぁ。まあ十二歳になったら学園に通うために来ることになると思うけどね」

学園というのは、エロゲ『超新星グノーシス』の舞台となった場所で、正式名称は『中央集中型名門育成高等学園グノーシス』。学校名がタイトルになっていた。

ちなみに、微妙に複雑な名前ではあるが、この名前を覚えていないと、貴族子息もしくは貴族令嬢失格とさえ言われるのだ。なんでこんな長ったらしい名前を覚えなきゃいけないのか。

「確かに学園に通うことになったら来ますね。でもまだあと一年半ありますよ」

「意外とまだ時間あるな。それまでに何とかフラグが立たないようにしておきたいな……」

「フラグ？　なんですか、それ？」

「いいや、こっちの話だ。それよりもほら、もう街に入るぞ」

馬車は王都を囲う川に架けられた橋を渡ろうとしていた。

その前にはズラリと同じような馬車が並んでいる。

「あれは検問か？　王都ではちゃんとやるんだな」

「うちは検問とか設けてませんもんね。やっぱり王都ってだけあって警備は厳重らしいです」

そしてしばらく待ち、俺たちの順番になった。

「失礼、身分証を見せてくれませんか？」

馬車の外でそんな会話が広げられている。

御者台には、毎度おなじみムーカイが座っている。

そして父や執事のアウスは、俺たちよりも先に王都に来ていた。なにやら準備があると言っていたが、具体的に何をしているのかは知らない。

ちなみにこの一ヶ月の間に、俺は本屋敷のほうに移り住んでいて、そこにあった蔵書を好き勝手に読んでいた。

そのおかげでこの世界のことについてかなりの知識が増えたと自負している。昔から漫画とかの設定集を読むのが好きだったので、苦痛ではなかった。

「ああ、これだ」

「おお！　あのクラウス様ですか！　分かりました、お通りください！」

ムーカイは身分証を衛兵に見せたらしい。

すると衛兵たちから感嘆《かんたん》の声が上がった。

『あの』？　『あの』ってなんだ？

もしかして俺って少し有名人になっている？

ふとアミラが言っていたことを思い出す。

『ふっ、自分のやったことの偉大さをまだ理解していないみたいだな』

衛兵たちの反応で、思っていた以上に凄いことをやっていたのかと実感した。

そもそもだ、国王に表彰されるって時点で特異なことなはず。

……うん、もう少し俺も自覚したほうがよさそうだ。

でも、俺はあくまでもジェネラルオークを倒しただけで、大量にいた魔物は冒険者とか騎士たちが倒したからなぁ……俺だけの功績ではないと思うんだけど。

とかなんとか、自分の名声を少し不服に思いながら街に入る。

まあ今はそんなことより街の観察だ！

門を抜けて進んでいくと、大通りに突きあたる。

いくつもの小さな路地に枝分かれしているが、最も大きい道を進んでいくと、貴族街になるそうだ。

ミュラー家の王都での屋敷もそこにあると、事前に聞いていた。

俺が窓の外を見ていると、馬車の前のほうにある、御者台に繋がっている小窓をムーカイが開ける。

「このまま屋敷に向かいますか？　まだ時間はあるので寄り道してもいいですけど」

「うーん、そうだなぁ。それじゃあ寄り道しようか」

せっかく王都に来たんだし、いろいろ見て回りたいよね。

「どこに向かいますか？」

「それなら、女性物の服屋に向かってくれ」

俺がそう言うと、ムーカイは頷いて小窓を閉めた。

すぐに再び馬車が動き出すと、アンナが首を傾げる。

「もしかして、ロッテ様のへお土産を見るんですか？」

「ああ、そうだ」

本当はアンナにも買ってあげるつもりだが、それを今伝えると、絶対に要らないって言われてしまう。

彼女とはかなり打ち解けてきたんだが、まだ図々しさが足りてなかった。

感謝とかお礼とかを伝えようとしても、どこか遠慮を感じるのだ。

だから何も言わず、その場で買ってあげようと思ったわけである。

しかし彼女には、俺が何かを隠していることはお見通しらしい。

「何か隠してません？　怒らないから言ってみなさい？」

俺のことを相当理解してきているようだ。

「怒らないからって言って怒らなかった人を俺は知らない」

「ふふふ、絶対に怒りませんからね、大丈夫ですよ？」

いや、今にも怒り出す気満々ですって顔をしているが。

まあそれもふざけてやってるんだろうけど。

「って、見てよアンナ。あのコロシアム、近くで見るとめちゃくちゃデカいね」

「むぅ、話を逸らされました……でもそうですね、すごく大きいです」

よし、多少強引だがこれで話を逸らすことに成功した。

ふふふ、突然プレゼントされて驚く顔を見るのが今から楽しみである。

「そろそろ着きますよ、クラウス様」

ムーカイが再び御者台からそう言ってきた。

そしてとある店の前で馬車は停まる。

ガラス張りのショーウィンドウには、たくさんの洋服が飾られている。

この世界で板ガラスを使うのってめちゃくちゃ金がかかるはずだが……まあこの店がとても高級ってことなんだろう。

「すごいです、クラウス様！　あの服、すごく可愛いです！」

そう言ってアンナは、オフショルダーでフリフリの服を指さした。

うん、彼女の好みはあんな感じなのか。

いつもメイド服だから、私服とか一度か二度しか見たことがないんだよな。

「まあ、とりあえず入ろう」

そう言って馬車を降り、俺はアンナとムーカイを連れて店の中に入った。

すぐに品のよさげなお姉様が近づいてきて頭を下げる。

「いらっしゃいませ、クラウス様」

「……なんで名乗ってないのに分かったんだ？」

「店の前に停めてある馬車の紋章を拝見しましたので」

なるほど、彼女はどうやら貴族の紋章を全て覚えているらしい。

やっぱりここは貴族御用達《ごようたし》の店みたいだ。

「それで、今日はどなたの洋服をお探しですか？」

「俺と同じくらいの歳の子へのお土産と、あとこの子の服を見立ててほしいんだけど」

そう言って俺は、隣に控えているアンナを指さした。

すると彼女は驚いて声をあげる。

「わっ、私ですかっ⁉　いえいえ、そんな私になんて必要ないですよ！」

「いやいつもお世話になってるからね。お礼をさせてよ」

俺はクールにそう言ったが、実のところは彼女の驚いた顔を見られてニヤニヤしている。顔には
もちろん出さないけど。

「そんなことを言われましても……うぅ、本当によろしいのですか？」

「もちろん。アンナの可愛い姿をもっと見たいしさ」

そう言うと、彼女は顔を真っ赤にして俯いてしまった。

よし、これなら買ってあげても何も言えないだろう。

そんなことを思っていたら、お店の人が微笑をたたえてこちらを見ていた。

「クラウス様はやり手ですね？」

「……そんなことないぞ」

「失礼しました――では、ご用意しますのでお待ちください」

彼女はそう言って店の奥に入っていった。

待っている間、ムーカイは軽く服を見ては、その値段にがっくりと肩を落としている。奥さんにお土産でも買おうとしているのだろうか。

そしてアンナはいまだに気恥ずかしそうに俯いている。

……うん、急にやることなくなっちゃった。

どうしようかなと思ったとき、カランカランと扉が開き、一人の少年と美少女が入ってきた。

少年のほうは俺と同い年くらいで、輝くような金髪を逆立てている。

……この少年、どこかで見覚えがある雰囲気をしてるんだよなぁ。

うーん、幼くて分からないが、もしかしたらゲームの登場人物とか？

そう思っていたら、慌てたようにさっきとは別の店員が奥から出てきた。

「勇者様が直々に訪れてくれるなんて、光栄です。今日はそちらの方の洋服を仕立てられるのですか？」

「ああ、そうだ。このミーシャの服を見立ててくれ」

その美少女は真っ白な妖精《ようせい》のような見た目をしていて――ミーシャというらしい。

で、その少年は勇者だと。

うん……この勇者は『超新星グノーシス』の主人公、カイトで間違いないだろう。

ミーシャってのも、ヒロインの一人にいたよな。

マジかよ、こんなところで出会うなんて思ってもいなかった。

原作だと将来的に俺はこいつに処刑されることになるし、できるだけ接点を持ちたくないんだが……

しかし——ミーシャってもっと表情豊かなキャラじゃなかったっけ？　でも、今は能面《のうめん》みたいに無表情だ。

何やら訳ありそうだけど……まだ情報が足りなくてよく分からない。

「ん？　なんだお前？」

そんなことを考えながら見つめていたら、勇者がこちらに気付いた。

「い、いやっ！　なんでもない！」

「ふぅん……まあいいや」

ほっ……よかった、命拾いしたらしい。

するとそのタイミングで、アンナの声が聞こえてきた。

「クラウス様！　見てください、この服やっぱりすごい可愛いですよ！」

声がしたほうを見ると、先ほどのオフショルダーの服を着ていた。

うん、めちゃくちゃ似合っている。

そして俺が彼女を褒めようとした直前に――

「お前、可愛いな。なあ、俺のメイドにならないか？」

カイトがそんな気色の悪い言葉を放った。

その言葉を聞いたアンナは、自分の体を抱くようにすると侮蔑《ぶべつ》の視線を送る。

「誰ですか、気持ち悪い。私のご主人様はクラウス様だけなんですから」

その言葉を聞いたカイトは、スッと目を細めると今度は俺のほうを見てくる。

「クラウスとはお前のことか……ふむ、こんな冴《さ》えない男のどこがいいんだが」

そしてドスの利いた低い声で俺に向かって言ってきた。

「クラウス様は冴えない男――かもしれませんが、あなたよりは優しくて思いやりのある方なんです」

おいおい、冴えないって部分は否定しないんかい。

痩せてきて、これでもそれなりにイケメンになってきたと自負していたんだけどな。その自信がへし折られた気分だ。

と、そうじゃなくて。

カイトはどうやら相当傲慢《ごうまん》な性格らしい。原作ではそんなことなかったと思うんだけどな……

ミーシャはといえば、そんなカイトのことを感情のない瞳で見つめていた。

アンナに断られたカイトは鼻を鳴らす。

「ふん、見上げた忠誠心だ。しかし俺のところに来ればもっといい暮らしを約束するぞ」

「いえ私は今満足してますから。そもそもクラウス様がいない場所でいい暮らしができるとは思いませんし」

そう言いきったアンナに、カイトは舌打ちをする。

そして憎々しげに俺らのほうを睨むと、吐き捨てるように言う。

「気分が削《そ》がれたな。おいミーシャ、今日は帰るぞ」

「はい、カイト様」

カイトはミーシャを引き連れて、店を出ていった。

うーん、これはどうにも面倒くさいことになってそうだぞ。

そう思っていたら、ムーカイが近づいてきた。

「クラウス様、先ほどの少年はどちら様ですか？」

「あー、勇者のカイトだって言っていたけど」

俺がそう言うと、ムーカイはやってしまったとばかりに額に手を当てて空を仰《あお》いだ。

「そうでしたか……クラウス様とカイト様がこんなところで出会ってしまうなんて」

「出会っちゃダメだったのか？」

「まあ……ガイラム様は王族派で、カイト様は勇者派の筆頭ですからね」

ガイラムが教えてくれたところによると、政界は王族派と勇者派で分かれているらしい。

うちの父は公爵家だから王族派の筆頭貴族で、それに対抗するように、勇者であるカイトを祀《まつ》り上げる勢力があると。

確かにそうなると、すげぇ面倒なことになりそうだ。

「実は今回、クラウス様が国王様に表彰されるのにも意図がありまして」

「意図？」

「ええ。ミュラー家と王族の繋がりをより強固にするために、今回の表彰式は行われるのです」

やはり単純に活躍したからって理由で俺を表彰するわけではないらしい。

さしずめ俺を勇者カイトと同じように、偶像《ぐうぞう》のようなものにしたいのかもな。

うん、なんとなく繋がってきたぞ。

「ともかく、急いで服を買って、父上のいる屋敷に向かったほうがよさそうだな」

俺はそう言うと、店員さんに仕立ててもらった服を買い、再び馬車に乗った。

ちなみにアンナは買ってあげた服の入った袋を大事そうに両手で抱えている。

頬も心なしか緩んでいるから、喜んでもらえたのだろう。

第十話

「……そうか。分かった、そのことは私が何とかしよう」

「申し訳ございません、父上」

屋敷に辿り着き、父にカイトと出会ってしまったことを相談するとそう返ってきた。

カイトとの邂逅はあまりよくないことだと思っていたのだが、意外と父はあっさりした対応だった。

「まあ偶然起こってしまったことは仕方がない」

そう言ってため息をつく父。

前だったら睨まれていたかもしれないが、最近は、父からの視線が穏やかなものになってきていた。俺の頑張りを認めてくれているってことだろうな。

父は立ち上がると、窓のそばに行き外を見ながら言った。

「しかし——そろそろデニス様とシャルロット様がお見えになられる時間だが」

「デニス様？　シャルロット様？」

俺が父の言葉に首を傾げると、父は窓から目を離しこちらを振り向き言った。

「ああ、お前には話していなかったか。今日、第一王子のデニス様と、第一王女のシャルロット様がこちらにいらっしゃるのだ」

マジかよ、そんな話全く聞いていないが。

「どうして来られるんですか？」

「国王陛下からの頼みがあってな。詳しいことはお二人が来られてから話すが……打算的な話をすると、クラウスがお二人と仲良くなれば、より私たちの陣営が強固になるため、この話を受けたのだ。それと、第一王女シャルロット様は現在、勇者カイト様に執拗《しつよう》な嫌がらせを受けている状況でな。我らの派閥《はばつ》との結びつきを強くして、勇者が迂闊《うかつ》な行動に出られないようにしたいのだ」

「嫌がらせ？　なんでまた」

「どうやら彼の誘いを断ったら嫌がらせを受けるようになったらしい」

うわぁ……あいつ、めちゃくちゃ節操《せっそう》ないな。

まあ、お二人がうちに来る理由ってのも分かった。

「でも、もっと事前に言っておいてほしかったですね」

「すまないな——と、ちょうどお二人が到着されたみたいだ」

窓の外を眺める父がそう言うので俺も立ち上がって窓の外を見ると、確かに庭に馬車が停まっている。

俺は父と連れ立って部屋を出て、庭に向かった。

庭に辿り着くとちょうど、少女と少年が馬車から降りてきているところだった。

「あー、やっと着いたわね！　馬車ってお尻が痛くなるから、ホント嫌だわ」

「姉さん。女の子がお尻とか、はしたない言葉を使っちゃダメだよ」

「いいじゃないそれくらい！　男の子があんまり細かいこと気にしないの！」

金髪ツインテールの勝気そうな少女と、キョロキョロと辺りを窺っている少年だ。

二人は俺らが近づいてくるのに気が付くと、サッと佇まいを直した。

「ごきげんよう、ミュラー公爵様」

「……姉さん、もう遅いよ」

急におしとやかになった少女に、少年はそう言った。

彼女はそれを聞いて、顔を真っ赤に染める。

「う、うっさいわね！　いいじゃない、ちょっとくらいよく見られたいと思っても！」

「いや……ダメなんて言ってないけど。もう遅いんじゃないって言っただけで」

少年の言葉にグヌヌと歯を食いしばる少女。

この少年がデニス様で、少女のほうがシャルロット様なのだろう。

「ようこそいらっしゃいました。ご案内させていただきます……こちらは息子のクラウスです。お二人とは同い年になりますね」

「はじめまして、クラウスと申します」

父は二人に向かって腰を折りながら言い、俺も頭を下げる。

二人はそれを聞いてニコリと微笑む。

それから屋敷の廊下を歩いていると、後ろのほうで王子王女コンビが小声で話し始めた。

「姉さん、姉さん。あの子がクラウスって言ってたよね？」

「ええ。そうね」

「でも噂と全然違うよ？　スタンピードを壊滅させたって聞いたけど、そこまで強そうじゃないよね」

「デニスはまだ噂なんて信じてたのね。そういうものは当てにならないって教わらなかった？　話を大きくしてるだけだわ」

全部聞こえてるんだよなぁ。そしてやっぱり話は大きくなってるし。

まあ俺たちは大人なので、聞こえてないふりをしながら歩く。

そして応接室に入室して腰を落ち着けると、挨拶もそこそこに父が早速本題に入る。

「国王様より仰《おお》せつかっているのは二つです。一つはしばらくの間、あなたたちをこの屋敷に置くこと。もう一つは、その間に、あなたたちが自衛できるくらいまで鍛えること、です」

そのことを聞いた二人は、あからさまに不満げな表情になる。

「鍛えるってことは修業するってことよね？」

「姉さん。僕嫌だよ、鍛えるなんて面倒くさい」

「そうね、私も修業は大嫌いだわ」

うん、どうやら二人はすごくわがままな性格らしい。

これはすごく骨が折れそうだぞ。

頑張れ、父上。

とか思っていたら、父はこちらを向く。

「お二人の修業の師匠《ししょう》はこのクラウスが務めます。陛下のお話では、お二人にはクラウスと同等には強くなってほしいようです」

……え、マジで？　俺がやるの？

しかも同等まで強くなるって、俺はスキルがあるからこれだけ戦えているわけで、もしスキルを持っていないなら無理だと思うんだけど……

しかし王女はそれを聞いた途端、俺を見て鼻で笑った。

「この子が師匠？　え、それだったら私たちすぐに追いついちゃうわよ？」

その隣では、王子もうんうんと頷いていた。

「姉さん、それだったら余裕そうだよ」

「そうね。ちゃちゃっと終わらせて、すぐに王城に帰りましょう」

散々言ってくれる。

そこまで言われて流石に黙っている俺じゃない。

「……それだったら、俺に一度でも勝てたら、修業はそこで終わりでいいですよ」

俺がそう言うと、二人はぱあっと表情を明るくした。

「え！　じゃあ今日中には帰れるじゃない！　すぐよ、すぐ！」

「早く終わらせて、王城で美味しいチョコレートを食べたいね、姉さん」

まったく、舐められたものだ。

しかし父はそれを聞いてニヤリと笑い、こう宣言した。

「よし、決まりですね。お二人は我が息子に勝てば帰れる。しかし勝つまで帰れない、ということにいたしましょう」

父の言葉に、二人はグッと握り拳を作った。

「分かったわ。受けて立とうじゃないの！」

「頑張ろうね、姉さん」

というわけで、俺たちは早速また庭に戻って、決闘をすることになったのだった。


木剣を手に取り、ブンブンと試しに振り回している王子王女コンビ。

……これなら余裕どころの話じゃない。

そもそも剣を握ったことすらないんじゃないかってくらい適当な振り方だ。

逆にケガさせないようにするのが難しいんじゃないか？

「どうよ、デニス。この私の剣捌《けんさば》きはっ？」

「姉さんはやっぱりまだまだだね。僕のほうがよっぽど上手だよ」

いや、ドングリの背比べにもなってないほど同じレベルだぞ。

そう思うが口にはせず、俺は屈伸《くっしん》したり体を捻ったりと、準備運動を始める。

しかし、ここでやられないようにするのは余裕そうだが、問題はその後だな。

修業が終わるまでは相当長引きそうで、既にめちゃくちゃ気が重い。

でも俺だって努力してここまで来たんだ、だったら彼らも努力すればいけるはず。

「よし、かかってきなさい！　クラウス！」

シャルロット様はそう言い、俺に剣の切っ先を向けてきた。

その言葉に俺は頷く。

「分かりました。じゃあ行きますね」

そして俺は持っていた木剣を正面に構え――

ダッと勢いよく飛び出した。

その速度に虚を突かれたのか、彼女は目を見開き、体を硬直させる。

そして固まったまま俺に背後を取られ、木剣を突き付けられるのだった。

「これで一本ですね」

「な、な、何が起こったの……」

「普通に背後に回っただけです」

「きゅ、急に動かないでよ！　見えないじゃない、卑怯《ひきょう》よ！」

卑怯って……見えないほうが悪いと思うんだけどなぁ。

シャルロット様は俺から距離を取ると大声で叫び始める。

「もう一度よ！　私ともう一度勝負しなさい！　今度こそコテンパンにしてやるんだから！」

そして再び剣の切っ先をこちらに向けてくる。

必死だが、隙だらけなんだよな。

俺はわざとらしく、やれやれと首を振って言った。

「しょうがないですね。もう一回だけですよ」

「むぅ！　ムカつく！　絶対にボコボコにしてやるんだから！」

「頑張れ、姉さん！」

デニス様もシャルロット様を応援し始めた。

彼女は剣を突き出したまま、こちらを睨みつける。

「今度は私から合図するから！　それまで動いちゃダメなんだから！」

「はいはい、分かりましたよ」

そして彼女は緊張した表情で剣を握り直し、ゆっくりと口を開いていく。

そして――

「じゃあ、行くわよ！」

そう言った瞬間、彼女は駆け出す。

しかしあまりにも遅い。俺が太ってたときとそんなに変わらないくらいじゃないか？

俺は再び彼女の後ろに回ると、同じように剣を突き付けた。

「ななな、なんでそんなに速く移動できるのよっ！」

「これも修業すればできるようになりますよ」

まあ、特別な歩法を使っているわけでもないのだ。ただ、素早く動いているだけである。

俺の言葉を聞いて、彼女は何やら考え始めた。

「……私でも修業すればその速度を出せるの？」

「ええ、もちろんです」

「……分かったわ。ちょっとだけ修業してあげる。絶対にあなたをボコボコにするんだから！」

ふむ、なんとなく言動から察していたが、シャルロットはすごく負けず嫌いみたいだ。

一方で、少し離れていた場所でそれを聞いたデニスが、不満そうに口を尖《とが》らせる。

「ええ、姉さん。僕は嫌だよ」

「何言ってるの！　このままで悔しくないの！」

「僕は全然悔しくないよ」

「それだからデニスはダメなのよ！」

姉にダメと言われて、デニス様はショックを受けた表情をした。

そして小さい声でブツブツ言い始める。

「ダメ……ダメなのかなぁ。僕も修業すればダメじゃなくなる……？」

「はい、もうダメって言われなくなりますよ」

これはチャンスだと思い、俺はデニスにそう言った。

すると彼は顔を上げてこちらを見る。

「本当？」

「もちろん、本当ですよ。修業をすればデニス様もお姉さんに認められます」

「……それならやる」

……なんか二人とも素直すぎて俺、心配になっちゃうよ。

「じゃあ明日から特訓です。気合いを入れていきましょう」

「よろしく頼むわ」

「よろしくお願いします」

こうしてどうにか、二人を修業に対して前向きにさせることに成功したのだった。

第十一話

こうして俺の、王女と王子との生活が始まった。

父から言われた通り、二人には俺の考えた特訓メニューをこなしてもらうことになる。

彼女たちに課した特訓は簡単で、素振り百回と走り込み三十分だ。

それでもすぐに二人はヘトヘトになってしまっていた。

「なんで王女なのに、私が特訓なんてしなきゃならないのよ」

屋敷の庭で木剣を素振りしながらシャルロット様が愚痴を零す。

「一度やるって決めましたよね？　それに俺に追いつきたいんじゃないんですか？」

「そう言ったけど……ここまで辛いとは思ってなかったわよ」

渋々《しぶしぶ》といった感じでシャルロット様が言う。

それに同意するようにデニス様も頷いた。

「そもそもクラウスは厳しすぎるんだよ、僕たちに」

「そんなことありません。これが普通です。というか、こんなこともできないんですか？」

煽るように俺が言うと、シャルロット様はムッとした感じで言い返してくる。

「これくらい簡単よ！　できないはずないわ！」

「……姉さん、煽られてるよ」

呆れたようなデニス様に、シャルロット様は睨みつけて答える。

「デニスは言われたままで悔しくないの!?　私たちにもできるってことを見せつけてやるわよ！」

俺の思惑通りに奮い立ったシャルロット様を見て、デニス様は一つため息をつくと首を横に振った。

「はあ……姉さん、巻き込まれる僕の身にもなってよ」

「デニス様はシャルロット様に認められなくていいのですか？」

俺が言うと、デニスはしばらく黙り込み、そして諦めたようにもう一度ため息をついた。

「はあ……しょうがないな。そこまで言われたらやるしかないじゃないか」

なんとなく二人の扱い方が分かってきた。

「さあ！　今度は走り込みに行くわよ！」

やる気を出したシャルロットにデニスもついていき、俺はそれを見守るのだった。


ひとしきり特訓を終えると、体を綺麗にしてから、座学の時間だ。

この時間は主に、シャルロット様とデニス様から色々と王国について教えてもらいつつ、俺は自領のことや戦闘に関することなどを教えている。

今日はデニス様から借りた『王国建国譚』という書物を事前に読み、そのテストを受けている。

「クラウスは物覚えがいいね。この本に書いてあることを覚えるのに僕は一年もかかったのに」

デニス様はそう感心するように言う。

まあ前世の知識とも照合できるところが多かったし、覚えるのは簡単だった。

前世から日本史や世界史を覚えるのは大好きだったしな。

「ありがとうございます。知識は大切なのでとても助かってます」

俺がそうお礼を言うと、シャルロット様が俺を物珍しげに顔を向けてくる。

「しかし勉強熱心ねぇ……私は勉強が嫌で逃げてばかりだったのに」

「姉さんが勉強嫌いすぎるだけだよ。やってみたら意外と楽しいよ」

シャルロット様の言葉に、デニス様が呆れた顔でそう返す。

「シャルロット様は勉強が嫌いなんですか？」

俺が訊ねると、シャルロット様は渋い顔をして頷いた。

「ええ、とても嫌いね……それにしても、シャルロットってフルネームで呼ばれるのもなんだか癪《しゃく》ね」

「ええと……何でですか？」

「一応私のほうが立場は上だけど、こ、これでも、もう友達みたいなものなのだし」

視線を逸らしながらシャルロット様はそう言った。

ああ、なるほど。

シャルロット様は王族だから、友達と呼べるような知り合いが少ないのだろう。

学園に行くのも少し先だし、他国に歳の近い王子や王女がいれば仲良くなっているかもしれないが、王国内ではそういった出会いはないはずだ。

下手をすれば、身分の近さで言えば、公爵家の俺が一番近いかもしれないが、これまで会ったことがなかったみたいだし。

そこに俺が現れて、友達になれると思ったのだろう。

もしかすると、特訓もなんだかんだ言ってやると決めたのはそれも一因かもしれない。

俺は微笑むと首を傾げた。

「では、何て呼べばいいですか？」

「そうね……普通に愛称《あいしょう》のシャルでいいわよ」

「ではシャル様とお呼びします」

まだ敬語なのに少し不服そうだったが、渋々彼女は頷いた。

流石にため口を強要するのは躊躇《ためら》われたのだろう。

俺としても、よそでうっかりため口を聞いているのを大人たちに聞かれたら……と思うとぞっとするので諦めてくれて助かった。

◇　◆　◇　◆　◇

そんな感じで修業も順調に進み、一週間。

二人はそれなりに自信をつけてきたみたいだ。

それに加え、二人に色々な知識も授けている。

しかし、ゆえに二人は外の世界に興味を持ち始めてしまった。

「クラウス！　今日も屋敷を抜け出すわよ！」

シャルがそう言いながら、今日も俺の部屋にやってくる。

大体このシャルが主犯で、デニスが便乗し俺が巻き込まれるという構図だ。

今はまだ早朝で、屋敷の人間はほとんど眠りについている。

そんな時間に二人は俺の部屋に来て、連れ出そうとしてくるのだった。

実はこれが初めてではないのも困りものだ。

「またですか……怒られるので嫌なんですけど」

「いいじゃない、一緒に怒られれば！」

「よくないから言ってるんですよ。一緒に怒られたって罪が軽くなるわけじゃないですし」

しかしシャルは俺の言葉を無視して、手を引っ張ってくる。

はあ……まあ二人だけで出かけられるのは流石に心配なのでついていくしかない。

これでも二人は王子と王女なのだ。

誘拐なんてされたら、俺たちミュラー家の責任問題になるし。

そもそもそれ以前に、国が大変なことになるだろう。

「……分かりました。昼までには帰ってきましょうね」

「そうね！　そのくらいは譲歩《じょうほ》してあげる！」

譲歩してるのは俺のほうなんだがなぁ、とか思いながら俺は着替えを始める。

二人は俺が逃げ出さないようにするためか、着替えを見張ってくる。

うん、流石に恥ずかしいんだが。

逃げ出さないからそこまでジッと着替えを見つめないでほしい。

「よし！　着替え終わったわね！　じゃあ二人ともいくわよ！」

「はい、姉さん！」

元気一杯の二人に対して、俺はひどく疲れていた。

そもそもまだ日も昇ってない早朝だぞ、眠たくて仕方がないんだが。

そして俺たちは静まり返った屋敷を出て、王都を練り歩く。

俺は隣を堂々と歩いているシャルにこう訊ねた。

「で、今日はどこに行くんですか？」

「ふふふっ、聞いて驚きなさい！　神聖の森に行くわ！」

神聖の森とは、王都の外れにある、旧神殿《きゅうしんでん》を中心に広がっている森のことだ。

そこは神話時代から存在し、かつては神々が住んでいたとも言われている。魔力濃度が高く、強力な魔物が大量に生息しているという話だ。

「……神聖の森はやめておきましょう。流石に厳しいです」

「今の私たちだったら多分大丈夫でしょ！　クラウスの特訓も頑張ってるんだし！」

「そうだよ、姉さんの言う通りだと僕も思うな」

二人とも修業を始めて少し成果が出てきた人にありがちな、無根拠な自信に溢れてしまっているようだ。

これはマズいと思い、俺は必死に二人を引き留めようと頭を働かせる。

「でもまずは森の近くまで行って、様子見するってのはどうですか？」

二人は俺がついていかなくても、絶対に自分たちだけで行こうとしてしまうだろう。

最悪、実力行使で止めることも頭に入れておく。

しかしどういうわけか、彼女たちは聞き分けよく頷いた。

「分かったわ！　クラウスがそう言うならそうしましょう！」

……もっと渋ると思っていたが、何やら簡単に引き下がってくれた。

少し不審に思うが、でもその本意までは読み取れない。

「……本当に森を外から眺めるだけですからね」

「分かってるって！　ホントに、クラウスは心配性なんだから！」

自信満々にシャルはそう言った。

そして俺たちは街を出て、神聖の森に向かっていく。

神聖の森は王都を囲んでいる川を下って、さらに脇道に逸れたところにある。

俺たちはようやく昇り始めた朝日を浴びながら川を下っていった。

「しかし、どうして神聖の森なんかに行きたいんですか？」

俺は歩きながら二人にそう訊ねた。

すると彼女たちは真剣な表情になる。

「実はね、お母さんが死んだのが神聖の森らしいの。だから絶対に一回は行ってみたいなって」

そういえば、王妃様《おうひ》は既に亡くなられているんだったか。

確か、旧神殿の調査に向かう途中、森の中で襲われてそのまま亡くなったという話を聞いたことがある。

なんで調査に行ったのか、そして何に襲われたのかまでは知らないけど。

「なるほど……でも神聖の森には入りませんからね」

「分かってるわよ、私たちの実力じゃあ入れないって。でも私たちの母親がどこで死んだのかくらいは、見ておきたかったの」

さっき見せた自信満々な様子は、どうやら俺を焦らせるためのものだったみたいだ。

そうすれば俺が譲歩して、森の前まで行くのは止められないと考えたわけだ。

……流石王女と言うべきか、交渉がうまいな。

それからしばらく歩いていると、デニスが前方を指さした。

「姉さん、見えてきたよ」

そこには神々しい森が堂々と広がっていた。

「あれが神聖の森……」

ポツリとシャルがそう呟いた。

その美しさ、神聖さに心を奪われてしまっているようだ。

「もう少し近づきますか？　シャル様、デニス様？」

「……いいの？」

「もちろんです」

俺がそう言うと、彼女たちは森のほうへと歩いていった。

俺もその後をついていく。

なるほど、確かにこれは神聖の森と呼ばれるわけだ。

鬱蒼《うっそう》としていながら、暗い印象はなく、むしろ明るく、どこかすがすがしい気がする。

「――そろそろ帰りましょ。これ以上ここにいても仕方がないわ」

しばらく俺たちは森を眺めていたのだが、シャルがそう言い、俺たちは帰ることにした。

そして振り返ったとき、後ろからザクザクと草を踏む音が聞こえてきて――

「よぉ、お姫様方。無用心ってのはやっぱり怖いもんだよなァ」

そんな低く荒《すさ》んだ声が飛んできた。

俺たちが慌てて振り返ると、そこには一人の男が立っていた。

騎士のような格好をして、髪の毛をポニーテールにしている。

その声に似合わず、気品のあふれた様相をしていた。

俺は警戒しながらその男に訊ねた。

「あなたは誰ですか？」

「俺か？　俺は《神聖の森の番人》だ。正確に言えば旧神殿の管理者だな」

「神聖の森の番人？」

俺が首を傾げていると、男は笑みを浮かべる。

「そうだ。神聖の森は、元々は神の住処《すみか》だったたって聞いたことないか？」

「あります」

「だろう？　代々、昔からその住処を守ることを言い渡されたのが、俺たちの家系ってわけだ」

なるほど、この人は神聖の森に住み、代々その森を守っていたと。

しかし——

「でも、番人がいるなんて話聞いたことありませんよ？」

「そりゃそうだろ。そもそも神聖の森は入ることを禁じられているし、わざわざ近づこうって人はいない。だから俺みたいのがいるって公表する必要もない。それに誰かが来ても、姿は見せないことにしているからな」

「なんで姿を見せないんですか？」

俺がそう訊ねると、彼は懐からパイプを取り出し火をつけた。

パイプもこの世界にあるのかとか思いながら、俺はその様子を眺めている。

シャルとデニスは緊張で強張《こわば》った顔で俺たちを見つめていた。

「それはな、王家とそういう契約をしているのさ」

「契約？」

「そう。俺には神々の血が少し混ざっている。でも王家はそのことを隠したい。だから人が来ないこの森で、旧神殿の管理を任されているってわけだ」

いきなり話が大きくなって困惑している。

神々の血筋だって？　ってことは、この人は神に近しい存在ってことか？

その疑問を読み取ったのか、彼は話を続けた。

「まあその神の血筋は相当薄まっているがな。それでも人々には信仰《しんこう》の対象になるわけだ」

「なんで王家はそのことを隠そうと？」

「そりゃあお前、急にポンっと信仰の対象が増えてみろよ、情勢が分断しちまうだろ？　それは俺も避けたいから、たんまり褒美をいただいて、この森で大人しくしているのさ」

確かに男の言う通り、ただでさえ国王派と勇者派で分かれている国内が混乱しかねない。

男はプカプカと煙を吐きながら歩き出した。

「とりあえずあんたたちは王族の血筋だからな、旧神殿まで案内するぜ」

「……俺はただの貴族なんですが」

「いや公爵家ってのも、一応元を辿れば王族なはずだ」

それはそうだ。

しかし俺が公爵家だってのもバレているのか。名乗ってもないいんだが。

少し警戒心を高めながら、俺たちは男に続いて森の中に入っていく。

地面を木漏《こも》れ日が照らし、苔《こけ》むした土は露《つゆ》に濡《ぬ》れて煌《きら》めいている。

静謐《せいひつ》で、神聖な印象だった。

「強力な魔物が多いって噂も、国王が流したものだ。ここには魔物なんていないのさ」

言われてみれば、歩いていても魔物らしきものは全く見えない。

しばらく歩き続けていると、シャルがこっそり近づいてきて囁《ささや》いてきた。

「でもお母さんが死んだのってどうしてなのかしら？　ここで死んだって聞いてるのだけど」

確かに。

魔物もおらず、こうして男が住み着いてるだけなら、王妃様が死んだ理由が分からない。

疑問符を頭に浮かべている俺たちを男がチラリと見てきたが、結局何も言わなかった。

それから二十分ほど森の中を歩き、俺たちの前に小さな神殿が現れた。

苔むし、蔦《つた》が大量に絡まっている。

それは木漏れ日を浴び、神々しく佇んでいた。

「ここが旧神殿だ。さあ、中に入るぞ」

俺は思わず息を呑む。

後ろにいたシャルとデニスも、ゴクリと唾《つば》を呑んでいた。

これから何が起こるか分からない。

俺たちは緊張した表情で頷き合うと、男に続いて神殿の中に入っていった。

神殿の中は外観とは違って、すごく綺麗に整えられていた。

ステンドグラスからは虹色《にじいろ》の光が入り込み、床でチラチラと瞬《またた》いている。

壁面はおそらく大理石だろう。なめらかで美しく、黄金で様々な装飾がなされている。

「すごいだろ？　これは数千年前から一切劣化していないらしい」

番人の男の言葉に俺たちは頷く。

「……凄いよ、姉さん」

「そうね。王城でもこんなのは見られないわ」

シャルとデニスは見惚れたようにその神殿内を眺めていた。

しかし俺はいまだに警戒心が解けず、じっくりと辺りを見渡していた。

そこで俺はふと思い出して、彼に訊ねた。

「そういえばどうして俺たちをここに呼んだんですか？　ここに招くには何か理由が必要だと思うんですけど」

「ふむ、伝えていなかったか」

彼はそう言ってパイプに入っていた灰を、近くにあった壺《つぼ》に捨てた。

「それはな、お前たちにも試練を受けてもらうからだ。神々からの試練を」

「……試練？」

なんか嫌な予感がする。

男は唐突に無表情になり、その腰に提げていた豪華絢爛《けんらん》な直剣を引き抜く。

そしてカツンと切っ先を地面につけ、仰々《ぎょうぎょう》しく話し始めた。

「そうだ。この国の国王は、神々からその器に相応しいか試練を与えられる」

「……それは今の国王も受けたのですか？」

「もちろんだとも。そのせいで王妃が死んだのだから」

なるほど、そういうことか。

その試練とやらを国王様も受け、そのときに王妃様が亡くなったと。

いわゆる通過儀礼的なやつなのだろう。

「……そんな、お母さんを殺したのはあなたなの？」

「直接手を下したのは俺じゃない」

シャルの疑問に男が答えるが、それは間接的には関係あると言っているようなもんだ。

シャルとデニスももちろんそのことを理解し、仇《かたき》を見る目で男を見る。

しかし彼はどこ吹く風で、淡々と話を続けた。

「試練はここではない場所で行われる。送られた先の空間からここに戻ってくるときは、時間が進んでいないことになっている。向こうでいくら時間を使っても問題ないようになっている」

なるほど、どんな内容か分からないが、それなりに時間がかかる試練である可能性は考えておかないとな。

ただ、気になることがある。

「しかし国王様は、もっと歳をとってから試練を受けたのでしょう？　なぜ僕たちはもう試練を受けるのですか？」

そう、王妃が亡くなったのはシャルとデニスが生まれてから。つまりごく最近なわけで、まだたった十歳の俺たちが試練を受ける必要はないはずだ。

俺の問いに、男はチラリとこちらを見て答えた。

「そうか、お前たちは知らないのか……国王は近々死ぬ。政界抗争によってな。本人もそれを知っているが」

「……なんで！　なんでそんなことが分かるのよ！」

その男の言葉にシャルが叫んだ。

でもそれが本当なら、色々な辻褄《つじつま》が合うと思った。

たとえば、なぜ国王がこの二人をいきなり鍛えようとしたのか。

それは自分がいなくなるから、その前に少しでも早く、この試練をクリアできる力を身に付けさせようとしたのだろう。

「分かるから分かるのだ。神とはそういうものだろう？」

うん、神ってのは基本、常識外のものなはず。

その言い分は確かに頷ける。

「だから二人には早急に試練を受け、人の上に立つ器か確かめてもらう……まさか国王から説明を受ける前に勝手に来るとは思わなかったが」

「身勝手よ！　何で私たちがそんなものを受けなきゃいけないのよ！」

しかしそのシャルの叫びにも男は眉一つ動かさない。

そして男は剣を掲げ、こう宣言した。

「では、行ってくるがいい。幼き三人の人間たちよ」

瞬間、俺たちの意識は刈り取られたのだった。

第十二話

俺はチュンチュンという小鳥たちの鳴き声で目を覚ました。

ゆっくりと瞼《まぶた》を持ち上げると、どういうわけか静かな森の中にいた。

木漏れ日が眩《まぶ》しくて思わず目を細める。

徐々に視界が慣れてくると、周りにシャルとデニスが寝ているのが分かった。

「起きてください、二人とも」

俺はそう言いながらシャルの体を揺すった。

彼女は「うんんっ」とうめき声をあげながら起き上がる。

「……ここは？」

シャルは目をこすりながら周りを見てそう訊ねてきた。

「分かりません。何やら森みたいな場所、ってことくらいしか」

「そっか。試練って言ってたけど、何をすればいいのかしら？」

「確かに教えてもらってませんね。まあとりあえず、デニス様も起こしますか」

俺はそう言って寝ているデニスに近づくと、同じく体を揺すって起こす。

彼もシャルと同じくキョロキョロと辺りを見渡して言った。

「……ここは？」

「デニス、同じ質問を二度するのは嫌われるわよ」

「……え、姉さん？」

シャル、それはちょっとかわいそうじゃないか？

まったく状況を理解していないデニスを放って、シャルは話を進めようとする。

「とりあえず、人里とか建物とかを探しに行きましょう。そこにヒントがあるかもしれないわ」

「そうですね、ここにいても仕方がないですし、歩きますか」

俺が頷いていると、デニスは首を傾げながら、俺たちの話に割り込んでくる。

「ちょ、ちょっと待ってよ。ここはどこなの？　森みたいなところに見えるけど」

「それが答えよ。森みたいなところ、ってことしか分かってないわ」

「……なるほど、姉さんも分かってないんだね」

「そうね。もっと言うと、クラウスにも分からないらしいわ。だから歩くしかないの」

そんな話をしていると、デニスが何やら地面に落ちているのを見つけた。

「ねえ、あれは何？　なんか落ちてるよ」

「何かって何よ？　デニスはすぐに私たちに聞いてくるん……って、確かにあれは何かしら？」

デニスが指さしたほうを見てみると、三つのリュックサックのようなものが落ちていた。

革製のリュックで、パンパンに中身が詰まっている。

俺たちはとりあえずそれに近づいてみて、中を確かめてみることにした。

「何が入っているのかしら？　面白いものだといいんだけど」

「姉さん、面白いものより今は、野営道具とか食糧《しょくりょう》とかのほうが大事だよ」

「……そんなの分かってるわ。言ってみただけよ、言ってみただけ」

仲睦《なかむつ》まじい姉弟の会話を聞きながら、俺はそのリュックの中身を確認してみる。

「何が入ってた？」

そう聞きながら覗き込んできたシャルに、俺は一つずつ取り出しながら答える。

「ええと、火付け石、干し肉、コップ、調味料、あとは――変な本が入ってますね」

「野営するための道具みたいね……その本には何が書いてるのかしら？」

「とりあえず開いてみましょうか」

二人が固唾《かたず》を呑んで見守っている中、俺は恐る恐るその本を開いてみた。

するとそこにはこれからやるべき試練が書かれていた。


世界樹を救え！


たった一言。

これが俺たちに課された試練らしい。

世界樹って言ったら……エルフのイメージがあるな。そういえばこの世界にもエルフがいるんだったか。もしかしたら会えるかも。

ともかく、一応の目的は定まった。

「やっぱり動き出さないと何も始まらないみたいね」

「そうだよね、姉さん。まずは人を探したいよね」

俺たちは視線を交わすと頷き合って、リュックサックを背負った。

そして颯爽《さっそう》と歩き始めるが……すぐに立ち止まって再び視線を交わす。

「……どこに向かうかも決めてなかったですね」

「そうね。とりあえずこの木の枝が倒れた方向に向かいましょう」

そしてシャルは落ちていた木の枝を拾うと立てた。

その木の枝は斜め前方向に倒れる。

まあどの方向に倒れても景色は同じだから、正解かどうかも分からないけど。

俺たちはとりあえず倒れた方向に向かうことになった。


そして俺たちは半日ほど歩いたが、全く景色も変わらず、人にも会わない。

とうとう日が落ちてきたので、俺たちは野営の準備を始めることにした。

「じゃあクラウスは食材担当ね。私は火起こしするからデニスは水を汲んできて」

シャルのその言葉通りに、俺たちはそれぞれ行動を始める。

意外とシャルはこういう環境にも文句を言わない。汚くて寝られない、みたいなことくらいは言うと思っていたのだが……なんだかワクワクしているし、楽しそうという気持ちが勝っているのだろう。

ともかく、俺は言われた通りに食材探しを始める。

歩いていてときどき獣《けもの》は見かけたから、あれを狩ればいいだろう。

ただ気になるのが、獣はいるのに魔物はいないことだ。

そもそも獣と魔物の違いだが、魔石を持っているかどうかというものにつきる。そのため、ただの獣に見えても実は魔物なのかもしれないが……しかしいずれにしても、俺が知っている魔物は全くいなかった。

もしかしたらこの森は何か特別な力が働いているのかも。

「まあこの森について考えても仕方ないよな。よしっ、さっさと美味しそうな獲物《えもの》を探そう」

そう呟き俺は森の中を練り歩く。

歩き始めて数分で、俺はすごい勢いで森の中を駆けるクマのような動物と遭遇した。

何かを追いかけているみたいだったが、俺は構わず奴に向かって短剣を投擲《とうてき》する。

神聖の森に向かうということで準備しておいたものだったが、ちょうどよく役に立ってくれた。

短剣だけではもちろん、致命傷を負わせることはできない。

しかしこちらに注意を向かせることはできた。

こちらを振り向いたクマに向かって俺は剣を構える。

「いいね、これは大物だぞ」

現在の俺のスキルはこんな感じになっている。

ユニークスキル
《スキルの書》（レベル2：98／500）
　スキルを使用することによって熟練度が上がる。
　熟練度1：魔石（小）からスキルを得る。
　熟練度1：スキル使用時、威力増加（小）が付与される。
　熟練度2：魔石（中）からスキルを得る。
　熟練度3：＊＊＊＊＊＊＊

ノーマルスキル
《惰眠》（レベル4：29／2000）
　過剰な睡眠を取ることによって熟練度が上がる。

熟練度１：快適な睡眠を得ることができる。
熟練度２：睡眠中、大量のエネルギーを吸収できる。
熟練度３：睡眠中、自然治癒（小）を得る。
熟練度４：睡眠中、自動成長（小）を得る。
熟練度５：＊＊＊＊＊＊＊＊＊＊

《剣術》（レベル３：８７６／１０００）
　剣状の物質を振るうことによって熟練度が上がる。
熟練度１：剣の扱いがほんの少し理解できる。
熟練度２：剣術スキル《疾風斬り》を使えるようになる。
熟練度３：剣の扱いがそれなりに理解できる。
熟練度４：＊＊＊＊＊＊＊＊＊＊

《無属性魔法》（レベル１：９６／１００）
　無属性の魔法を使うことで熟練度が上がる。
熟練度１：スキル《身体強化》を使えるようになる。

熟練度2：＊＊＊＊＊＊＊＊＊＊＊＊

《無属性魔法》がそろそろレベル2になりそうで、《剣術》スキルもそこそこ経験値がたまってきた。

あと特筆すべきなのは、《惰眠》の熟練度4が解放されたことだ。

これがあると、寝てるだけで勝手に経験値が入るようになるらしい。極端な話、寝れば寝るだけ強くなるということだ。まぁ、成長率は微々《びび》たるもののようだが……

俺はいつも通り身体強化を使って、疾風斬りを繰り出す。

その速度についてこられなかった普通のクマは一瞬で死んでしまった。

「よし、あとはこれを持って帰って――」

そう言いながら俺はクマに近づく。

そして担ごうとしたところで、唐突に森の奥から女の子の声が聞こえてきた。

「あー！　勝手に私の獲物を捕りやがりましたね！　このドロボー！」

声のしたほうに視線を向けると、緑色の髪と金色の瞳が特徴的な少女がいた。

「誰だ？　……ん？　獲物？」

「そうですよ！　こいつは私が罠《わな》まで引っ張っていって、美味しくいただこうと思ってたんですから！」

どうやらこいつが追いかけていたのは彼女だったらしい。

少し申し訳なくなるが、こいつを逃すと俺は次の獲物を探さないといけない。

それは面倒くさいのでちょっと反論してみた。

「こいつを仕留めたのは俺だ。だから食べる権利は俺にある」

「でもでも！　私が狙ってたんですよ！」

「狙っていただけだろう？　それに、ただ追いかけられていただけじゃないか」

俺がそう言うと、彼女はむすっとした表情になった。

そして頬を膨らませながらこう言った。

「でもあなた一人じゃあ、そんな大きなの食べきれないでしょう？」

「まあそうだな。でも俺には連れが二人いる」

「……むう。分かりました、それなら私もその食事会に参加させてください！」

食事会ではないんだがな。

まあ、確かに彼女にも一部でも食べる権利はあるか。

そう考え、その言葉に俺は頷いた。

「分かった。一緒に食べるんだったらいいだろう」

そう言うと彼女はぱあっと顔を明るくして飛び跳ねた。

「わぁあ、ありがとうございます！　これで三日ぶりの食事だ！」

「……三日ぶり？」

「そうです！　私、剣の腕がからきしなので、なかなか獲物を狩れなかったんですよ」

……こいつ、自分じゃ狩れないからって、俺が狩ったのをいいことに、イチャモンつけて貰《もら》おうとしていたな？

なんて強《したた》かな。

まあ、空腹で倒れられるよりはいいかと思って諦める。

「じゃあ俺たちの野営場所まで運んでくれ」

「えぇ!?　女の子にそんなことさせるんですか！」

「もちろん。それくらいはしてもらうよ」

彼女は渋々って感じで頷くと、大きなクマをよっこいせと持ち上げた。

そのとき、たまたま髪の毛がはだけて彼女の耳が明らかになる。

その耳はまるでエルフのように長く尖っていた。

「あんた……もしかしてエルフなのか？」

尖った耳を見て俺がそう訊ねると、彼女は慌てふためいたように言った。

「そ、そそんなわけないじゃないですか！　エルフなんてねぇ、そんな希少種なわけ――」

顔を引きつらせながら必死にそう言うエルフに、俺は思わず呆れてしまう。

そんな反応をしたら、自分がエルフだってバラしているようなもんだぞ。

それでも必死に自分がエルフであることを隠そうとする彼女に、俺はふとした疑問を聞いてみる。

「エルフってのがバレると都合でも悪いのか？」

「……知らないんですか？」

「ああ、知らないけど」

「……なんかエルフって希少種らしくて、奴隷として高値で売れるらしいんですよ。まあ私は違うんですけどね！」

最後に余計な一言を付け加えて彼女はそう言った。

しかしなるほどな、前世でよく読んでいたラノベやアニメでも同じような設定はあった。

自分の身を守るためにエルフであることを隠すのは当然なのだろう。

「だったらそのフードをずっと被っておけばよかったのに」

俺は彼女の着ているローブのフードを指さした。

彼女はそう言われて不思議そうに首を傾げ、クマを地面に置いてから自分の頭に手を乗せる。

ようやくフードがないことに気が付き、青くなった。

「あ、あわわ。私のフードが脱げてます！　これじゃあ私がエルフだってバレちゃいます！」

「……その発言は自分がエルフだって明かしてるのと同じだけど、いいのか？」

「しかし、この少年はどこか抜けてそうです。エルフだってバラして油断させ、その隙に逃げるのが最善でしょうか……？」

「おーい、心の声全部漏れてるけど、本当に大丈夫かよ」

俺の言葉は無視され、ブツブツと独り言を言うエルフの少女。

既にエルフだってバレてるし、そもそもその発言をしたら逃げられないだろ。

というか俺、こんな奴に抜けてると思われてるのか……

そのことが一番のショックなんだが。

俺が地味に落ち込んでいると、彼女は何やら覚悟が決まったのか、決意の表情を浮かべて俺のほうを見た。

「いいでしょう。私はエルフです。あの誇り高きエルフなのです！」

ドヤ顔で胸を張ってそう言う彼女。

どんな作戦を頭に描いているのか知らないが、そこまで堂々と言わなくてもいいと思う。

ものすごいポンコツ具合を彼女から感じるなぁ。

「まあそんなことはどうでもよくて」

「ど、どうでもよくて!?　よくないです！　エルフなんですよ、あのエルフなんですよ！」

エルフってバレたらヤバいんじゃなかったのかよ。

俺の言葉になぜか主張してくるエルフを無視すると、強引に話を続けた。

「そろそろ日が暮れる。早く野営地まで帰りたいんだけど」

「……そ、そうですよね。はあ……このクマを持っていかないといけないんですか」

エルフは憂鬱《ゆううつ》そうにクマを見つめる。

ああもう、面倒くさいので俺は何も言わずにクマを担ぐと歩き出した。

すると彼女は驚いた顔でこちらを見た。

「す、すごい男気です……私が担ごうとしていたクマを何も言わず横取りして持ってくなんて」

そして彼女は俺の後ろをテクテクついてきながらブツブツと呟く。

「強引さに少しキュンときてしまいました。これが恋ってやつなのでしょうか？　いえ、私がこんな人間の少年に恋をするわけありません。私は立派なエルフなのですから」

もう勝手にしてくれと半ば諦めながら、俺はそれを無視して歩き続ける。

ようやくシャルとデニスの待つ野営地に辿り着くと、二人は既に準備を終えていた。

俺たちが近づいてくるのに気が付いてこちらを見るが、すぐに訝《いぶか》しげな表情になる。

「その人は誰なの？」

「ああ、こいつはこのクマに追われてた可哀想なエルフだ」

「ちょ、ちょっと！　そんなこと言ったら私が可哀想な奴になっちゃうじゃないですか！」

「いや、だからそうだって言ってるんだけど」

変なところにこだわるエルフだ。

そんなことを思いながら、俺は持っていたクマを下ろす。

一方でシャルは、俺の言葉を聞いて驚いた顔をしていた。

「エルフ!?　エルフってあのエルフよね!?」

「あのがどれかは分からないけど、多分そのエルフだぞ」

指示語が多すぎるその俺の言葉に、エルフは慌てたように言う。

「あー！　あんまり広めないでください！　私が奴隷になったらどう責任取るんですかっ!?」

「まあ確かにそうだな。それに関してはすまん。でも彼女たちは多分大丈夫だぞ」

「うっ……きゅ、急に謝られると調子が狂うじゃないですか。ま、まあ？　許してあげますよ」

そう言うエルフに、シャルはにこりと笑いかける。

「ええ。私たちはあなたを引っ捕らえて、好色《こうしょく》の物好きな大貴族様に売りつけてやろうなんて、これっぽっちも思ってないから安心しなさい」

そして少し声を低くしながらそう言った。

エルフはひぃっと悲鳴をあげて、自分の身を守るように体を抱く。

「そんなこと言われて安心できません！　やっぱりノコノコついてくるんじゃなかった！」

「ふふっ、冗談よ、冗談」

「なぁんだ、冗談ですか――ってなるわけないでしょう！　私、おうち帰る！」

エルフはとうとう涙目になってきた。

シャルのオモチャにされて可哀想だなぁとか思いつつ、俺はナイフを取り出しクマを解体し始める。

解体方法を本で読んだだけであまり慣れておらず、上手にできなかったが、まあ仕方がない。

そしてその肉をリュックに入っていた串に刺すと、焚火の近くに立てて炙《あぶ》り始める。

いい香りが漂ってきて、その匂《にお》いにつられて三人はこちらを見た。

「ああ、三日ぶりの肉の匂い……美味しそうです……」

エルフはそう言いながら、涎《よだれ》をジュルリとすすった。

「そういえば、あなたの名前はなんて言うの？」

そんな様子のエルフに、シャルはそう訊ねた。

彼女は少し警戒する視線をシャルに送りながらも、ちゃんと答えた。

「私ですか？　私はリリーです。ふふん、いい名前でしょう？」

「ええ、いい名前ね」

胸を張ってそう言ったリリーにシャルがそう答えると、リリーは顔を真っ赤にする。

「な、なっ！　きゅ、急に褒めないでください！　心臓に悪いです！」

「ああ、ごめんなさい。でも本当にそう思ったから」

「くっ……そんなこと言われると嬉しくなっちゃうじゃないですか……！」

仲良さげな二人は放っておいて、俺はデニスの分の肉も串に刺して、手渡してあげる。

「はい、デニス様の分です。自分で焼けますか？」

「……僕、お肉焼いたことない」

「ああ、そっか。じゃあ俺がやりますね」

う〜ん、やっぱりまだデニスは俺に心を開いてくれてない気がする。

どことなく態度が堅いんだよな。

いつもシャルの後ろに隠れていて、ちゃんと視線も合わせてくれないし。

彼とも仲良くなりたいんだがなぁ。

「……デニス様はシャル様のことが好きですか？」

「もちろん姉さんのことは愛してるよ」

……愛してるの言い方がガチっぽくてちょっと心配になる。

デニスってマジのシスコンっぽいよな。

そんなことを思っていたら、デニスは俯き加減で再び口を開いた。

「でも――最近姉さんは僕を見てくれない。いつもクラウスばっかり見てる」

「……そんなことないと思いますが」

「いや、あるんだよ。姉さんも無意識のうちだけどね。僕には分かるんだよ」

深刻そうにそう言う彼に、俺はどうしたもんかと頭を悩ませる。

まあ確かに、ずっと一緒にいる姉から見られなくなったら、そりゃ悲しいよな……ちょっと度を越してる気がしないでもないけど。

俺は彼に上手な言葉をかけてあげられなくて、黙ってしまった。

そのまま静かな時間が過ぎていき、そんなときシャルが嬉しそうに近づいてきた。

「ねえねえ、クラウス！　リリーが教えてくれたんだけど、エルフの里に世界樹があるんだって！」

その言葉を聞いた俺は、リリーのほうを見て訊ねた。

「……リリー、そんなことを教えてよかったのか？」

「ええ、もちろん！　私とシャルの仲ですからね！」

なんかいつの間にか仲良くなっていたらしい。

するとシャルがとんでもないことを言い始める。

「それで明日から私たちをエルフの里に案内してくれるんだって！」

「いいのか？」

「大丈夫です！　というか、現在世界樹に危機が迫ってるので、人手が増えるだけでも助かるんですよ」

どうやら試練の言うとおり、世界樹には危機が迫っているようだ。

俺たちにどうにかできることならいいが……とりあえず今は食事だな。

第十三話

その晩は野営地で眠り、俺たちは翌朝、エルフの里に向かうことになった。

リリーは久しぶりに里に帰るらしく、どこか浮かれた様子で俺たちを先導している。

おいおい、世界樹に危機が迫ってるんじゃないのかよ。

俺は前を歩いているリリーに訊ねる。

「てか世界樹に危機が迫ってるって言うけど、具体的にはどんな危機なんだ？」

その問いに、彼女はいきなり落ち込んだ表情をすると、深刻そうに言う。

「この土地の土に含まれる魔力は他の場所と比べてもとても豊富で、世界樹も根っこから魔力を吸収してるんですよ。でも最近、その土に含まれる魔力がものすごい速度で減ってるらしくて」

なるほど、それで世界樹の栄養源が枯渇《こかつ》しそうになっていると。

確かにそれは危機なのだろう。

「その原因は分かっているのか？」

「いえ、私に伝書鳩《でんしょばと》が送られてきたときには、まだ解明中だと言っていました」

どうやらリリーは森の外で生活していたが、彼女の特異なスキルが必要ということで呼び出されたらしい。

里から連絡が来たのは実に四十年ぶりで、最初は驚いたが世界樹の危機と聞いて急いでやってきたと言っていた。

「そのスキルっていうのは？」

「魔力の流れを見られるんですよ」

その答えに、俺は目を見開く。

魔力は空気中にあるが、見ることができないと教えられてきたからだ。

「なるほど、その能力があれば原因を解明できるかもしれないな……とはいえまだ原因不明なら、まずはそこからだな」

そんな話をかたわらで聞いていたシャルは、何かを思い出したように口を挟んできた。

「そういえば私、聞いたことがあるわ。昔の文献《ぶんけん》だけど、魔力を食べる魔物が存在したって」

「シャル様、今もその魔物は存在するんですか？」

俺がそう訊ねると、彼女は頭の奥にあるその記憶を引き出そうとするかのように腕を組む。

「うーん、確かその魔物は、その当時に討伐されたらしいわ。謎の幼い英雄たちによって」

「謎の幼い英雄？」

「ええ、文献には本当にそう書いてあったはず。その正体は今でも分かっていないってね」

シャルのその言葉に、俺は少し違和感を覚える。

そしてふと思いついたことを、彼女に訊ねてみた。

「……その文献ってもしかして、エルフが書いたものだったりしませんでした？」

「流石に著者までは覚えていないわ。でもそうね、エルフに関する書物で、三百年前に書かれたものだったのは間違いないわね」

……これは確定かもしれない。

この試練で送られた場所は過去なのだ。

過去の事象をそのままなぞっているだけなのか、はたまたパラレルワールドなのか。

それは分からないが、確定なのは、今いるこの場所が過去の世界、シャルが言っていた話の時代だということ。

だから俺たちが試練から戻ってきても、現実では時間が進んでいないという状況にできるのだ。

リリーはおそらく俺たちの会話の大半を理解していないだろうが、その中で唯一理解できたであろう、魔力を食べる魔物について訊ねてくる。

「魔力を食べる魔物ってことは、そいつを討伐すれば、この土地の魔力も戻ってくるのでしょうか？」

「まあそういうことになるだろうな。でもここにいるのがその魔物とも限らないしな」

「それもそうですね。まだ実際にそいつがいるところを見たわけでもないですし」

俺の言葉にリリーは頷く。

そして俺たちはしばらく歩いた。

森の中はどこも同じ景色で迷子になりそうだが、流石はエルフと言うべきか、リリーは一切の迷いなく進んでいく。

彼女はとある場所で立ち止まると、俺たちを振り返りながら言った。

「この先はエルフの領域で結界が張られています。なので先に私が入ってみんなに話をしてきます」

それだけを言うと、彼女は一歩前に踏み出した。

すると空間がぐわんと歪み、一瞬にして彼女は消えてしまった。

「姉さん、エルフは僕たちを受け入れてくれるかな？」

「まあリリーが説得してくれるから大丈夫でしょう」

どこか不安そうにするデニスと、楽観的な表情のシャルで反応が対照的だ。

うん、二人の性格って分かりやすく正反対だよな。

そんな二人の様子をのんびりと眺めていたら、三十分くらいでリリーが戻ってきた。

「とりあえず族長が会って判断するそうです。それまではいったん中に入ってもいいらしいです」

そして俺たちもリリーに続いて結界の中に入る。

一歩踏み出すと、さっきまで見えていなかったエルフの里が、バァッと目の前に広がった。

木々の隙間を縫うように、蔦《つた》の絡まった家々が立っている。

どこかのんびりとした空間で、エルフの子供たちが走り回っていたり、井戸端でお姉さんたちが談笑していたりする。

そんな風景に木漏れ日が差して、まさしくファンタジーな光景だった。

面食らって風景を眺めていると、その光景には似合わない、いかつい武装をした男のエルフたちが近づいてくる。

「お前たちが協力を申し出た人間の子供か――お前たちのことは族長が判断されるから、ついてくるように。ああ、それとその武器は一時的に預からせてもらう」

一番高級そうな革鎧《かわよろい》を纏《まと》った男が、そう言って俺に手を差し出してきた。

おそらく腰にぶら下げている直剣を手渡せってことなんだろう。

俺は鞘《さや》ごと腰から取り外すと、彼にポンッと渡した。

するとどういうわけか、彼は意表を突かれた表情をする。

「……驚いた。警戒心の強い人間がこうして簡単に武器を渡してくるとは」

「まあ人間にも様々いるってことですよ」

俺のその言葉に彼は一瞬黙ったが、くるりと反転して歩き出す。

「さぁ、行くぞ。族長は既に待っておられる」

それから木々の合間、家々の合間を歩き、ちょっとした広場に出た。

広場には仰々しい椅子が用意されていて、年取ったエルフのお婆さんが座っていた。

彼女が族長か。

エルフといえば若い姿で何百年も生きるイメージだけど、この人は何年生きたんだろうか。

そんなことを考えていたら、族長がこちらをまっすぐに見つめて口を開いた。

「よく来てくれた、幼き人間たちよ」

その族長はとても優しげな表情をしているが、瞳だけは鋭く俺たちを見定めようとしている。

「して、私たちの問題の解決に助力してくれるということだが」

「ええ、微力ながらお助けできればと思いまして」

「……しかしだ、どこで世界樹に危機が訪れていると知った？」

彼女のその問いに、俺は臆《おく》することなく毅然とした態度で答える。

「神からのお告げです。神は私たちに、世界樹を救いなさいと試練を与えられました」

リリーが教えてくれた情報で明確になったわけだが、本当のことを伝えたほうがいいだろうと、そのことを伝える。

すると族長の目が鋭くなった。

「神か……どうして神はそなたたちに試練を与えたのだ？」

「私は違うのですが、この二人は一国の王子と王女です。彼らが王の器にふさわしいか、神々が見定めようとしているのです」

俺はここも素直に伝える。

族長はジッと俺たちを見つめる。

緊張の一時が流れて、そして彼女は再び口を開いた。

「ふむ、嘘は言っていなさそうだ。神の言葉なら仕方がない、そなたたちを世界樹に案内しよう」

その族長の言葉に、武装したエルフの一人が異を唱えた。

「族長！　いいのですか、人間なんかを世界樹に案内しても！」

「こやつらの心は澄《す》み渡っている。エルフに近い純粋さを持っている。だから私は許可を下した」

どうやら族長は、人の心をある程度見ることができるようだ。

その言葉に、反論したエルフも押し黙った。

「ジーク、リリー。二人でこの子たちを世界樹まで案内しなさい」

「はっ、承りました」

「はい、分かりました！」

そう答えたのは、さっき俺たちをここまで案内してくれた、よさげな鎧を着た男とリリーだった。

そしてジークは俺たちの前に立つと、淡々と告げる。

「族長が許されたからな、世界樹まで案内するぞ」

彼はそう言ってくるりと反転すると、一人でズンズンと歩き出した。

俺たちはそんな彼を慌てて追うのだった。

大股《おおまた》で歩くジークに必死になってついていくと、再び空間が歪んだような場所に辿り着いた。

おそらく世界樹もエルフの結界とやらで守られているのだろう。

結界は空気中の魔力に作用し、見えない強固な壁を作り出すというものだ。

どうやらこの結界には、とんでもない量の魔力が込められているようだ。

「不用意に結界に触るなよ？　簡単に死ぬからな」

淡々とジークが言うと、シャルはヒィッと小さい悲鳴をあげた。

どうやら彼女は結界に触ろうとしていたらしい。

好奇心が旺盛《おうせい》なのはいいことだが、危機管理能力くらいは持っていてほしいものだ。

「そ、そういうのは先に言ってよね！」

頬を膨らませそう言ったシャルを無視すると、ジークは懐から杖《つえ》のような物を取り出した。

「この結界はエルフの始祖、ハイエルフ様が作り上げられたものだ。もちろん我々でもこの結界を壊すことはできないので、この杖で一時的な壁を開け中に入る」

ふむ、そのハイエルフは今頃何をしているのだろうか？

死んだって可能性もあるが、なんせハイエルフだ。生きていそうなんだよな。今まで読んできた漫画やラノベでは、ハイエルフって何千年も生きるのが普通だったし。

そんなことを考えながら、男が開けた結界の隙間に俺たちは入り込む。

すると中には、とても静謐《せいひつ》な空間が広がっていた。

全くと言っていいほど音がない。

川が流れ、草や葉がそよ風に揺れ、小さな虫たちが空を自由に飛んでいるにもかかわらずだ。

そしてそんな風景の中心には、巨大な木が生えていた。

その木は首が痛くなるほど見上げても、天辺《てっぺん》が見えないほどには大きかった。

「これが世界樹だ。どうだ、いつもに増して元気がないだろう?」

ジークがそう言うが、いつもに増してって言われても、そのいつもを知らないのだから分からんが。

しかしジークは痛々しそうに世界樹を眺める。

「これでは、世界樹はすぐに朽《く》ちていってしまう」

でも確かに、世界樹と言うにはどこか覇気がないというか、神々しさが足りない気もしてきた。

それも魔力が足りていないせいなのだろう。

悲しげにしている男に向かって、シャルは一歩前に出る。

「大丈夫よ! そのために私たちが来たのだから!」

自信満々にそう言ったシャルに、俺は思わず目を覆《おお》う。

そこまで大口を叩いておいて、失敗したらどうするんだよ。

しかし彼女の辞書には、失敗という言葉がないらしかった。

「私たちに任せなさい! このクラウスがなんとかしてくれるわ!」

「……本当か？」

「ええ、もちろんよ。クラウスを舐めてもらっちゃ困るわ！」

おいおい、結局俺頼りかよ。

他力本願にもほどがあるだろ。

しかし彼女は、俺ならなんとかできると本気で思っているらしい。

いつの間にそこまでの信頼を勝ち取ったのやら。

シャルにそこまで言われると今更無理ですとも言えず、俺は頷いて口を開いた。

「まあ任せてください。一応策はありますので」

作戦があるのは間違いないので、嘘はついていない。

その俺の言葉に、ジークは俯き気味だった顔を上げるとこちらを見てきた。

「……人間に頼るのはエルフにとってかなり不服だが、それでも頼らないといけない状況だ。だから——世界樹をよろしく頼む」

そう言って彼は頭を下げた。

ここまで言われたら、後に引けない。

まあどちらにせよ、やらなきゃいけないんだけど。

「流石はクラウスね！　そう言ってくれると思っていたわ！」

シャルは嬉しそうにそう言いながら、俺の肩をバンバンと叩いてきた。

痛いって。

しかしそのとき、ふとデニスと目が合う。

彼の瞳には、何やら嫉妬の色が含まれているのだった。

第十四話

そして俺たちは世界樹を囲う結界から出て、族長のところに戻ってきた。

「どうだった、世界樹は？　ひどい有様《ありさま》だったろう？」

「……ええ、そうですね」

「して、お前たちに世界樹は救えるか？」

そう訊ねられ、俺はしっかりと族長の目を見て言った。

「分かりません」

そう言った途端、周囲にいたエルフたちはザワザワと囁き出した。

あいつはやっぱり役に立たなそうだぞとか、結局、あんな人間に頼ったって仕方がないんだとか、言いたい放題だ。

でも族長は「カッ!!」と大きな声を出してその囁きをかき消すと、再び俺に聞いた。

「――お前たちに世界樹は救えるのか?」

「分かりません。でも最善は尽くすつもりですし、おそらく可能だと思います」

今度は周囲のエルフたちは何も言わなかった。

ただジッと、族長は俺を見つめ、そして俺も族長を見つめた。

しばらくそうしていたが、族長はふっと息を吐いた。

それと同時に、姿勢を崩しながらこう言った。

「その言葉、信用しよう。頼む、私たちの生命線である世界樹を救ってくれ」

頭を下げた族長に、先ほどよりも大きなざわめきが広がっていく。

族長が頭を下げるなど、よほどのことだろうからな。

そして俺たちは様々な視線に晒《さら》される。

好奇の視線、嫌悪《けんお》の視線、関心の視線などなど。

でもこれでは、俺たちの戦いに協力してくれる人は少なそうだと思った。

「して、どうやって世界樹を救うのだ?」

「おそらくこの周辺に、魔力を食べる魔物が来ているのだと思われます」

俺はリリーたちとも話していた予想を口にする。

「魔力を食べる魔物だって⁉　そりゃあ神話に出てくるような魔物じゃないか！」

ギョッと目を見開いた族長。

確かにシャルに話を聞かされるまで知らなかった魔物だが、そんなに珍しかったのか。

俺は淡々と話を続ける。

「だからリリーは借りたいですね。彼女は魔力の流れを見られるんでしょう？　魔物の場所を特定するのに役立つかもしれません」

「なるほど」

「そしてその魔物を発見し次第、俺たちは魔物を討伐します。それ以上に作戦はありません」

自分で言ってても脳筋だなと思うが、まあ仕方がない。

その魔物の情報はそれくらいしかないのだから。

「……過酷な戦いになるぞ」

「覚悟はしています」

神妙に言う族長に、俺はまっすぐ目を見つめながら答えた。

「そうか……死ぬでないぞ。エルフからも力を貸したいが……」

族長は周囲にいるエルフたちをぐるりと見るが、彼らはみんな、視線を逸らした。

まあそれは予想していたことだったし、構わないのだけど。

「ふむ。それではジークとリリーを連れていくがいい」

視線を向けられたジークは頷く。

「いいだろう。力を貸してやる」

「私もちょっとくらい役に立ちますよ！　クマを食べさせてもらったお礼です！」

まあこれなら何とかなるかな。

「で、討伐にはいつ行くのだ？」

「そうですね……今日はゆっくり休んで、明日の昼に出ようと思います」

ここにずっと居座っていても気まずいだけだし。

そう言った俺に族長は頷く。

「よし、分かった。では今日は空いている家を一つ貸し出そう。そこで休むといい」

そして俺たちはジークに案内され、その家まで移動した。


その日の晩ご飯は、リリーがエルフの料理を振る舞ってくれることになった。

エルフと言ったら菜食主義《さいしょく》のイメージだったが、普通に肉も食べるらしい。

まあリリーもクマの肉を食っていたしな。

「今日は腕によりをかけて作りますよー！」

元気いっぱいにキッチンに立つリリーに、どことなく不安を感じる。

シャルとデニスは二階の掃除《そうじ》をしてくれているので、俺はソファに座って自分の剣を磨いていた
ジークにコッソリ訊ねてみた。

「……リリーって料理上手いんですか？」

「いや、知らないが。あいつはずっと人里にいたからな」

「ああ、確かにそうですね。ゲテモノじゃないといいですけど」

「……でも、あいつが人里に行く前は、不器用でちょっと有名だった気がするぞ」

淡々とそう言うジークに、俺の嫌な予感は加速した。

彼女は「うわっ」とか、「あちゃっ」とか、変なかけ声を出しながら料理している。

ますます嫌な予感が加速する。

「……ジークさんはどんな料理でも食べれますか？」

「俺に押しつけるなよ？　俺だって死ぬときは、里のみんなから認められる死に方をしたい」

おうふ、次元が違った。

死ぬ覚悟でリリーの料理を食べるつもりなのか。

そしてキッチンでドデカい爆発が起こった。

その音にドタドタと二階からシャルとデニスが下りてくる。

「大丈夫っ⁉」

シャルがそう言いながらキッチンに向かうが、しかしリリーは何事もなかったような声を出す。

「どうしました？　二人とも」

下りてきたシャルとデニスにようやく気が付き、彼女はそう首を傾げる。

「今、すごい爆発音が聞こえた気がするんだけど……」

「え？　ああ、ただ料理していただけですよ。これくらいは普通じゃないですか？」

いや、絶対に普通じゃない。

俺たちの不安はどんどん募っていく。

それからしばらくして、キッチンのほうから吐き気を催すような酷い臭いが漂ってきた。

みんな手で鼻と口を押さえると、気絶しないように必死に歯を食いしばる。

「な、何よこれ！　ヤバい臭いがするんだけど！」

「そうですか？　ほら、美味しそうな匂いじゃないですか」

シャルが文句を言うが、リリーは首を傾げている。

マズい、彼女はメシマズであることに無自覚なタイプだ。

ってことは、絶対に誰かがこの料理を完食しなければならない。

俺たちは目線だけで、誰がこれを食べるか牽制《けんせい》しあう。

そしてシャルとデニスが、ハッと気が付いたようにくるりと反転すると言った。

「わ、私たちは二階の掃除をしないといけないから！　また後で下りてくるわ！」

ドタドタと二階に上がっていってしまう二人。

ああ、これは絶対に当分帰ってこないやつだ。

これを機に俺も逃げだそうと思ったそのとき――

「俺もちょっと仕事が残っているのを思い出した。行かねば」

ジークもそう言って、家を出ていく。

おい！　お前まで逃げるなよ！

心の中でそう叫ぶが、もちろんそれで戻ってきてくれるはずもなく。

リリーはそんな攻防があったとはつゆ知らず、脳天気に俺に言った。

「いやぁ、みんな忙しそうですね。それよりもクラウスさん、料理ができましたよー」

そう言ってテーブルに鍋《なべ》が置かれた。

紫色の液体が、グツグツと煮えたぎっている。

……普通は料理は紫色《むらさきいろ》にはならないんだがなぁ。

「お、美味しそうだね？」

俺は頬が引きつるのを感じながらそう言った。

「でしょう？　ふふん、これでも私は料理が得意ですからね」

どう生きてきたらそういう評価になるのだろうか？

人里でも、彼女の料理にやられてきた人はたくさんいそうだった。

「さあ、食べてみてください。絶対に美味しいですから」

「……ああ、いただくよ」

これは食べないのは無理だと悟り、俺は覚悟を決めてそのスープをスプーンですくう。

そして目をつむると一気に口に入れた。

……ん？　んん？

意外と美味しいぞ？

ブルーチーズやドリアンのように臭いは最悪だが、一度食べてしまえば味は美味しい。

確かに後味は死ぬほど臭いし、めちゃくちゃ絶品ってほどでもないが、別に食べられないほどでもない。

「うん……癖《くせ》はあるけど、別に普通に美味しいな」

まあその臭いと見た目から、ハードルがだだ下がりしている可能性もあるが。不味《まず》そうな見た目だとちょっと味がよければオッケー、みたいな。

もしくは臭いのせいで味覚が狂ってしまったのか。

でも現状では食べられないほどでもなく、普通に完食できそうな感じだった。

「そうでしょう？　ふふん、みんなそう言ってくれるんですよ！」

自慢げにそう言う彼女を見ながら、俺はふと一つ妙案を思いついた。

実はこの家には、ベッドが一つしかない。

で、誰がベッドで寝るかという話が出ていたのだが、保留になっていたのだ。

ここで俺がこれを食べきれば、シャルとデニスに恩を売れるだろう。

そうすれば、俺がベッドで寝ることに反対できなくなるはず。

ふふふ、と暗い笑みを浮かべながら俺はその料理を勢いよく食べ始めた。

逃げ出した罰だな、これでベッドは俺のもんだ！

身分とか関係ない、明日に備えて俺がゆっくり眠らせてもらうぞ！

「――ごちそうさまでした！」

「おお、ここまでたくさん食べてくれたのはクラウスさんだけですよ！　嬉しいです！」

心底嬉しそうにそう言ったリリー。

それからしばらくして帰ってきた三人に、俺はこう言った。

「俺は今日も頑張ったし、明日も頑張るから、ベッドで寝てもいいですよね？」

「……くっ、流石にダメだって言えないわ」

「姉さん、これは一本取られたかもしれません」

そう言うシャルとデニスを、ジークが呆れたように見ていた。

まあ、こいつは家で寝ればいいからな……ちなみにリリーも、夜は久々に家に戻るそうだ。

こうして俺は、ベッドで寝ることに成功したのだった。

◇◆◇◆◇

快眠をむさぼった俺は、玄関の前で朝日を浴びながら大きく伸びをする。

「うーん、いい天気だなぁ」

「……ズルいわよ、一人だけベッドで寝て」

まだ眠たそうなシャルが、俺の横に立つとボソッと言った。

「ふっ、あの料理を前にして逃げ出したのは誰でしたっけねぇ？」

「……まあ、あれを食べてくれたのは褒めてあげるわ」

リリーの料理が実は美味しかったことは彼女たちには伝えていない。

そのほうが恩を高く売れると思ったからな。

にしし と心の中で悪い笑みを浮かべていると、後ろから声が聞こえた。

「逃げ出すって何の話ですか？」

振り向くと、朝から家に来ていたリリーが首を傾げながら立っていた。

「い、いや。なんでもないかなぁ」

「そうそう、昨日の晩、掃除をしていたらネズミが逃げ出したのよ」

そのシャルのフォローに、心の中でグッジョブと親指を立てる。

リリーはそれを聞いて、心底気持ち悪そうな顔をした。

「えぇー、ネズミが出たんですか？　私、ネズミ嫌いなんですよね」

とまあ、今はそんなことよりも――

「二人とも準備は大丈夫か？」

その言葉にシャルとリリーは真剣な表情になって頷いた。

神話に出てくるような魔物だって言われていたからな、そりゃ緊張もするだろう。

それに魔力を食べるってことは、俺たちはスキルを使うことができないかもしれない。

俺たちが魔力を使うときは、周囲のそれを取り込むことが必要だ。つまりそもそもその魔力がなければ、使う以前の問題になる。

それに周囲の魔力が全くない状態になると、人間というのは空腹状態のようになり、頭痛もしてくるという。最悪死に至る可能性だってあると聞いたこともあるくらいだ。

そこまで敵が魔力を食らうかどうかは分からないが、もしそうなったらかなり厳しい戦いになるだろう。

それからデニスとジークもやってきて、挨拶をかわす。

「じゃあ、行きましょうか」

俺はそう言うと、みんなを連れて家を出発するのだった。

第十五話

エルフの里の結界を抜け、森の中に足を踏み入れる。

「リリー、魔力の動きは見えるか？」

しばらく歩き里からやや離れたところで、俺はリリーにそう訊ねた。

彼女は俺を見て頷くと言った。

「はい、すぐにでも見れますけど。見ますか？」

「ああ、頼んだ」

彼女は目をつぶって意識を集中させる。

するとリリーの体は白くぼんやりと発光し始めた。

それから魔力を探っていたらしいが――

「――ひぃ！」

彼女は突然悲鳴をあげた。

その表情は恐怖で歪み、冷や汗が止まらない様子だった。

「どうした？　何があった？」

「……分かりません。でも何かに魔力が吸い取られ続けてて、それで」

「それで？」

「ギロッとこちらを見たような気がしたのです」

……ってことは、その魔物にこちらの存在を勘付かれた可能性が高い。

これで先手は打てなくなった。

リリーは唇まで真っ青にして震えている。

そんな彼女の背中をさすりながら、俺は落ち着かせるように言う。

「少し休憩しよう。このままじゃあ流石に戦えない」

「ええ、そうね。私もそれがいいと思うわ」

シャルも俺の言葉に賛成し、リリーを休ませることになった。

——のだが、そう都合よく事は進まなかった。

ズンズンと、巨大な生物が移動している地響きが近づいてきていたのだ。

俺とジークは目を見合わせるとそれだけで意思疎通をして、頷き合う。

「ジークさん」

「ああ——シャルとデニスはリリーを見ていてくれ」

そして俺たちは各々武器を取り出し構える。

その音の巨大さや、謎の威圧感に冷や汗が止まらない。

できるなら今すぐ逃げ出したかった。

ゴクリと唾を呑んだ瞬間、目の前の木々が思いきり倒され——その地響きの正体が明らかになった。

それは一つ目の巨人だった。

前世で遊んでいたゲームなんかでは、サイクロプスなどと呼ばれていた生物だ。

奴はギョロッとした瞳をこちらに向けて——

「グォオオオオオオオオオオオオオオオオオオ！」

思いきり叫んだ。

地を揺るがすほどの、腹まで響いてくる叫び声だ。
三半規管が狂うほどの圧で、思わずくらっとしてしまう。
そして奴は口を大きく開けたままピタリと固まった。
何をしているのかと思っていたら、リリーが突然大声を出した。
「奴の口内に巨大な魔力が溜まっていますッ！」
「……チィッ！　そういうことかよ！」
おそらくその魔力を光線のように発射するつもりなのだろう。
すぐに口内からキュィイイイインという高音が響いてきた。
「そろそろ来ます！」
サイクロプスの視線は俺のほうを向いている。
俺はギリギリのタイミングを見計らって飛び退こうとしたが――
ドゴォオオオオオオオオオオオン！
そんな破裂音と共に放たれた光線は、俺ではなくジークのほうに向かっていった。
俺のほうに目線を向けていたフェイクだったのだ。
何とか無理やり避けたジークだったが、少し掠《かす》っていたようだ。
彼の右腕は爛《ただ》れ、持っていた剣も溶けていた。

「くぅっ……！」

地面を転がりながら、痛みに顔を顰《しか》めるジーク。

右腕をやられた彼は、もう戦えないだろう。

「すまない……クラウス」

ジークは心底申し訳なさそうに言った。

「いや、気にするな。下がっていてくれ」

戦えず、むしろ命の危険がある。

ジークは悔しげにしつつも、素直に引いていった。

どうやら結局、俺一人で戦わなければならないらしい。

奴の体が紫色に光る。

するとその途端、俺たちの周囲の魔力が急激に減っていくのを感じた。

まずいな、このままじゃスキルすら使えなくなってしまう。

「やるしかない、やるしかないよなぁ！」

俺は自分を無理やり鼓舞《こぶ》するようにそう大声を出すと、剣を構えた。

そして思いきり地面を蹴る。

しかし流石に今の魔力の薄さでは、身体強化も発動できなかった。

無理をすれば発動もできなくはないだろうが、奴に魔力を吸われている以上、できるだけ魔力の無駄遣いをしたくない。

「ああ、くそっ！　行くぜ、化け物！」

ダッと地面を蹴り上げ、奴に飛びかかっていく。

剣は左後ろに構え、その勢いのまま回転するように俺は思いきり振るった。

ガキンッッ！

硬い物同士がぶつかり合う音と共に、俺の剣はいとも簡単に弾かれた。

どうやら奴の皮膚は相当に硬く、通常の俺の攻撃じゃあ、傷一つ与えられないらしい。

サイクロプスはそれに気が付いたのだろう、ニヤリと笑うと俺に向かって右腕を振るった。

空中にいた俺はその攻撃を避けきれず、思いきり吹き飛ばされる。

「がぁあああああっ！」

ゴロゴロと地面を転がり、木の幹にぶつかってようやくその勢いを止める。

「ちくしょう……これは時間を気にせずに、スキルを使うしかなさそうだな」

そしてボロボロの体で立ち上がると、俺はスキルを使用した。

瞬間、俺の体に力が漲《みなぎ》ってくる。

口の端から垂れてきた血を拭うと、俺は再び剣を構えた。

そしてザッと右足を後ろに引いて、グググッと腰を捻るように剣も引く。

そして直後、俺は地面を抉《えぐ》りながら飛び出した。

身体強化によって強化された脚力で一瞬にして奴に接近すると、再び飛び上がって俺は全力の一撃を放った。

狙うは奴の口内。

先ほど口内に魔力を溜めていたので、そこに魔石があるのだと思ったのだ。

そして俺は思いきり、口の中に剣を差し込む。

驚いた様子のサイクロプスはその攻撃を避けきれず、もろに剣が入ってくるのを許した。

グググッと奥まで突き刺さっていく感覚が手に伝わる。

しかし――

魔石を砕くような感覚は、いつまでも伝わってこない。

怒り狂った瞳を間近に、俺は固まってしまった。

このままじゃあマズい。

そう思った途端、奴の口の中に再び魔力が蓄積された。

そして避ける猶予もなく、さっきに比べれば魔力量は少ないが、光線が放たれた。

「ぐぁあああああああああああああ！」

体中が焼かれる感覚。

痛みのあまり、俺の意識はシャットアウトしそうになる。

しかし次の瞬間には、さらなる痛みで意識を無理やり起こされる。

そしてサイクロプスは俺をつまみ、放り投げた。

「クラウスッ！」

地面に落ちた俺へと、シャルが駆け寄ってくる。

来るなと言いたかったが、俺の喉《のど》は声を発せない。

「クラウス、大丈夫ッ⁉　クラウス、しっかり！」

必死になって呼びかけてくるが、それにも応えられない。

そのすぐ後ろからデニスも近づいてきているのも見えた。

彼は大粒の涙を零していたが、近くまで来て俺の様子を確認すると、涙を拭って覚悟の決まった表情をした。

「姉さん。僕はずっと姉さんの後ろにいた」

「……デニス？」

「そう。ずっと姉さんに守られた存在だった。その癖に、いっちょ前にクラウスに嫉妬していたんだ」

「……待ってよ、デニス。何の話？」

そう訊ねるシャルに言葉を返さず、ただ静かに言葉を続けるデニス。

「それじゃあダメなんだ。僕が――姉さんを守れるようにならないと」

そこまで言って、彼はすうっと息を吸い込んだ。

そして思いきり腹に空気を溜めると、剣を掲げて思いきり叫んだ。

「僕はグルルカ王国の第一王子だッ！　誰よりも誇り高く、誰よりも勇敢《ゆうかん》な男なんだッ！」

その瞳は決意に満ちていた。

「姉一人、友人一人守れなくてどうするッ！　僕は絶対に負けないぞッ！」

彼が剣を構えると、その剣は真っ赤に輝いた。

おそらく、スキルが開花したのだろう。

デニスは低く腰を落として、抜刀の構えを取る。

「さあ、化け物。食らぇえええええええええええええええええ！」

その叫びと共に、デニスの姿が一瞬にして掻《か》き消えた。

次の瞬間にはデニスはサイクロプスの足元にいて、サイクロプスの足がパックリと斬れていた。

ブシャァと血が噴き出し、デニスはそれを思いきり浴びる。

デニスの覚悟に胸を打たれた俺は、ボロボロの使い物にならない体に身体強化を無理やり使い、立ち上がった。

「友人の勇敢な姿を見て、普通は黙っていられないよなぁ」

「……クラウス？」

心配するような瞳を向けてくるシャル。

俺も同じく彼女を無視すると、剣を構えた。

まさしく今、立ち上がった瞬間に、《無属性魔法》がレベルアップしたのを感じたのだ。

《無属性魔法》（レベル2：2／500）
無属性の魔法を使うことで熟練度が上がる。
熟練度1：スキル《身体強化》を使えるようになる。
熟練度2：スキル《魔力生成》を使えるようになる。
熟練度3：＊＊＊＊＊＊＊＊

魔力生成というのはどうやら、俺の体力と引き換えに、魔力を生成する能力らしい。

これで魔力切れを気にせず、スキルを使える。
「さあ……耐久戦と行こうぜ、サイクロプス」
俺は剣を構え、疾風斬りの準備を始める。
それにより、持っていた剣は青白く光り出した。
ダンッと地面を蹴り、疾風斬りを発動しながら突っ込んでいく。
まずは奴の魔石がどこにあるのかを知らなければならない。
だから無闇矢鱈《むやみやたら》に攻撃して、奴が一番嫌がる場所を探そうと思った。
おそらくそこにサイクロプスの魔石があるだろうという予測だ。
「うらぁあああああああああああああああ！」
叫びながらスキルによる強引な斬撃を放つ。
まず狙うのは首元。
しかしサイクロプスは避けることもせず、俺の斬撃を受けるとにぃっと笑った。
ふむ、首に魔石はないと。
俺は冷静にそう思いながら、奴の攻撃を避けていく。
先ほどより頭が冴えているのは、ランナーズハイのようなものか。
しかしそれでも奴の攻撃は苛烈《かれつ》で、何度か食らいそうになる。

その度にデニスが間に割って入り、その攻撃を代わりに受けてくれていた。

「デニス様、大丈夫ですか？」

「まだ問題ない！　僕は人を守れる男になるんだから！」

そこまで大声を出せるなら問題ないか。

俺はデニスが強がっているわけではないことを確認すると、剣を握り直して構える。

「デニス様、少しだけ耐えられますか？」

そう訊ねると、彼は頷いて答えた。

「もちろん。任せて」

それから、彼にサイクロプスの攻撃を受けてもらいながら、俺は奴の魔石を探る。

心臓も違う、腹も違う、頭も違う。

どこにあるのか一向に見つからない状況で、俺たちは疲弊《ひへい》し始めていた。

焦る中、俺はとある予測を一つ思いついた。

……こいつの魔石、もしかして全く別の場所にあるのでは？

それもあり得るかもしれない。

それに気が付いた俺は、シャルと共に見守ってくれているリリーに声をかけた。

「リリー、すまん！　もう一度、魔力の流れを見れるか？」

「見れますけど、何を見ればいいんですか？」

「奴から多分、一本の魔力の流れが続いているはずだ。その場所を教えてほしい！」

そう言うと、彼女は頷き再びスキルを発動した。

しばらくリリーは目をつむって魔力を探っていたが、目を開くと奴の背後を指さしながら言った。

「あの、後ろにある少し大きな石に繋がっています！」

「そうか、ありがとう！　助かった！」

俺はなけなしの力を振り絞って身体強化を使うと、勢いよく飛び出した。

すると、おそらくサイクロプスも魔石の場所を知られたことに気が付いたのだろう。必死に俺を阻もうとしてくる。

「グルァアアアアアアアアアアアアアアアアアア！」

叫びながら右腕を振るうサイクロプスを強引に無視して、俺は奴の背後に回った。

そのままリリーが指さしていた石に迫ると、思いきり剣を振り下ろした。

パキンッというガラスが割れるような高い音が響き——

サイクロプスは地に膝をついた。

「グァアアアアアアアアアアアアアアアアアア！」

そして悲痛な叫びをあげながら、サイクロプスの体はボロボロと崩れていく。

「……よしっ、やったか⁉」

言った直後に、これって駄目なときのフラグじゃね⁉と焦ったが、サイクロプスの崩壊は止まらない。

やがてサイクロプスは完全に消え去り、森には再び静寂が訪れた。

まさか魔石が体から離れた場所にあるとは……予想もできなかった。

しかし、俺たちの手で敵を倒したのだ。

俺は疲れと安堵でぶっ倒れそうになる。

「勝ったぁ……」

それを見ていたリリーは、嬉しそうに俺に飛びついてきた。

「勝ちました、勝ちましたよ！」

「ああ、勝ったな」

これで試練は終了ということでいいのだろうか……？

気になって試練の書かれた本を開いてみると、そこには『達成　帰還まで残り二十四時間』の文字が書かれていた。

よかった、これで元の世界に戻れるということだろう。

「その本はなんですか？」

リリーが不思議そうに訊ねてくるが、俺は適当にはぐらかす。

「いいや、なんでもない。気にしないでくれ」

リリーはまだ不思議そうにしていたが、それ以上は聞いてこなかった。

そんな俺たちを見ながら、シャルとデニスが近づいてきて、耳元で囁いてくる。

「もう帰れるのよね？　どうやって帰るのかしら？」

「分かりません。けど本には、帰還まで残り二十四時間と書かれていますね」

「なるほどね。じゃあまだ帰るまで猶予がある感じなのね」

そう頷いたシャルは、右手を上げて宣言する。

「よぉしっ！　これから祝勝会をしましょうか！」

「いいですね！　腕によりをかけて料理を作りますよ！」

リリーが嬉しそうにそう続けると、ゲッと顔を歪ませるシャルとデニス。

俺は彼女の料理が不味くないことを知っているからいいものの、二人はまだ彼女の料理が不味いものだと思っている。

だからこその反応だった。

「ふふっ、精一杯楽しみましょう、祝勝会！」

ワクワク顔のリリーと絶望した表情のシャルとデニスに、俺は思わず笑みが溢れるのだった。

◇◆◇◆◇

目の前にはゲテモノの料理が大量に並んでいる。

それを見たシャルとデニスは絶望の表情だ。

俺たちは一泊した家に戻り、こうして食卓を囲んでいた。

一度族長のところに寄って報告したところ、ジークから報告を受け、戦いの準備を進めているところだった。

だが俺たちが敵を倒したと知ると、大喜びで祝勝会の準備を始めようとした。ただ、俺たちは疲れきっていたので丁重にお断りすると、族長はあっさりと引いた。

ちなみにジークは、俺たちが戻ってきてすぐに、他のエルフの男たちを連れて戦いの現場の調査へと向かっていた。腕には包帯が巻かれているのに、率先して動いており感心してしまった。

そうして俺たちは、自分たちだけで、こぢんまりとした祝勝会を開いているわけである。

しかし相変わらず、リリーは自分の料理の腕に自信満々のようだ。

「さあ！　腕によりをかけて作ったので、ぜひ食べてください！」

そう言ったリリーに、シャルとデニスは逃げられないことを悟ったのか、恐る恐るスプーンを伸ばした。

「い、いただきまーす」

そして恐々とした表情で紫色のスープを口に運ぶシャル。

しかし食べた瞬間、彼女は困惑の表情を浮かべた。

「あ、あれ……？　不味くない……？」

そんな姉の反応を見たデニスも、恐る恐る真っ赤なソースのかかったステーキを食べる。

「本当だ……普通に美味しい」

二人の意外そうな反応に頬を膨らませてリリーは言った。

「なんですか！　私の料理が不味そうだったとでも言いたげですね！」

いやいや、これは誰が見ても絶対に不味そうだろ。

そう思ったが流石に口には出さず、俺も青色のよく分からないドレッシングがかかったサラダを食べて言った。

「うん、やっぱり意外と美味しいんだよなぁ」

「意外とはなんですか、意外とは！」

不服そうなリリーだったが、それから俺たちが普通に食べてるのを見てそれで満足したらしい。

そのパーティーは夜遅くまで続いたが、シャルとデニスは疲れていたのか、気が付いたら眠っていた。

そんな中、最後まで起きていた俺とリリーは里に出て散歩をする。

「……ありがとうございます、クラウスさん。あなたのおかげで世界樹は救われました」

「いやいや、こちらとしてもやらなきゃならないことだったんだ、気にしないでくれ」

そう言うと彼女は不思議そうに首を傾げるが、俺はそれ以上は何も言わなかった。

他愛もない会話をしながら散歩をしていると、前からジークが歩いてくる。

「ジーク、帰ってきてたのか」

「ああ。しかしすまない……世界樹を救ってもらいながら、我々にはお前に渡せるようなお礼がないのだ」

ジークはそう言って頭を下げた。

俺はそれに対して首を横に振る。

「いいや、大丈夫だ。こうして里が救われただけで俺は十分だよ」

それに俺たちの本来の目的は試練をクリアすることだからな。

まあそのことはもちろん口にはしないが。

俺の言葉に、あまり感情を表に出さないジークが分かるくらい感動した表情をした。

「御三方は我々エルフの救世主だ。他に何か困ったことがあったら、我々を頼るといい。喜んで力になろう」

「ありがとう。いつかまた、頼る日がくるかもしれない」

俺がお礼を言った後、リリーはふわりとあくびをする。

「少し眠くなってきました。そろそろ寝ましょうか」

「そうだな。もう夜も遅いしな」

そうして俺たちはジークと別れ、家に戻る。

その晩はぐっすりと眠りにつくのだった。

◇◆◇◆◇

翌日は、かなり遅い時間まで眠っていて、目が覚めると帰還の時間まで数時間となっていた。

といっても、特にやることもないので、俺たちは家でのんびり過ごす。

そうして本に書かれていた時間がやってくると、俺たち三人の体が発光し始める。

そして指先から、徐々に消え始めた。

「なっ、なんですか、その光は……？」

俺たちの様子を見てリリーが驚きの表情を浮かべる。

俺はリリーのほうを向くと、にこやかに笑って言った。

「もう俺たちは帰る時間らしい。それじゃあ、また三百年後に会おう、リリー」

「帰るってどこへ……？　それに三百年後って……？」

困惑しているリリーの問いに答える間もなく、俺たちの体はその時代から消え、元の世界に戻ってくるのだった。

第十六話

元の世界に戻ってくると、門番の男が目の前にいた。

「よく試練をクリアして戻ってきたな」

淡々とそう言われ、シャルは苛立つように言った。

「急にとんでもない場所に飛ばされて、意味も分からないまま世界樹を救えってどういうことよ！　クラウスがいたからよかったけど、死んでたかもしれないのよ！」

しかし門番の男は答えない。

それにさらに苛ついたのか、シャルは言葉を重ねた。

「それに、国王が……お父様が死ぬってどういうことなのよ？　それに私たちのお母様が死んだことについても教えなさいよ」

「それについて今後、分かってくるだろう。まだ時期ではない」

そんな彼に食ってかかろうとするシャルをデニスが宥《なだ》める。

「まあまあ、姉さん。多分何を言っても意味ないよ。絶対にこの人は教えてくれない」

すると門番の男は、目を細めてデニスを見る。

「ほう……君はそれなりに成長して戻ってきたみたいだな」

「と言っても、あなたを許したわけじゃないけどね。それで、僕たちはもう解放されるの？」

そう訊ねたデニスに、男は鷹揚《おうよう》に頷いた。

「ああ、君たちは王に相応しいことが証明された。もう帰ってもいいだろう……最後に一つだけ教えよう。国王が死ぬと言ったが、それはあくまでも今確定している未来の話。運命はいくらでも変えられるのだ」

「なら、なぜそれを俺たちに教えたんですか？」

「今、確定している未来がそれだからだ。それを君たちに伝えないのはフェアじゃないだろう……さあ、もうここに用はないはずだ」

なんだか早く帰れと言われているような気がするので、俺はいまだに苛立っているシャルをデニスと一緒に宥めながら森を出た。

「ああもう！　あいつだけは絶対に許さないわ！　いきなりあんなところに飛ばして！」

「でもリリーたちとも出会えたんだし、デメリットばかりじゃないからいいじゃないか」

森から出て地団駄を踏んでいるシャルにデニスがそう声をかける。

王都に近づくと、周囲を慌ただしく騎士たちが動き回っているのが見えた。

「……やっぱり私たちを探しているみたいよね？」

「まあそうだろうね。僕たちはこれでも王子と王女だからね」

その騎士たちを見て青ざめるシャルに、デニスは冷静に頷いた。

デニスはこうなることを分かっていたのだろう。

まあ、試練の前後で時間が経っていないとはいえ、そもそも神聖の森まで行って帰ってくるだけでもそれなりに時間がかかる。

早朝から抜け出した俺たちだったが、今は普通に太陽も昇っている時間だから、俺たちがいないことに誰かしらは気付いているだろう。

王都に近づくと、騎士たちに気付かれて、俺たちはすぐさま王城に呼ばれた。

連れていかれた王城の一室にはアンナやムーカイたちもいて、開口一番叱《しか》られた。

「クラウス様！　どこに行ってたんですか！」

「……森だよ。神聖の森」

「どうしてそんなところに行ったんですか！」

「い、いや……二人が行きたいって言って……」

「言い訳しないでください！　見苦しいですよ！」

俺がそうアンナにガミガミ叱られているのを、シャルとデニスは我関せずとそっぽを向いていた。

ぜ、絶対に許さん……

そんなことをしていると、部屋におっさんが入ってきた。

すかさずシャルとデニス以外が跪《ひざまず》き、頭を下げたので、俺もそれに従う。

「「お父様！」」

やはりこの人が国王様らしい。

「シャル、デニス、心配したぞ……そうだな、クラウス殿とシャル、デニス以外の者は下がってよい。私はこの子たちと少し話がある」

そう言って国王は、人払いをした。

そうして部屋に四人だけになると、国王はソファにゆったりと座った。

「クラウス殿も楽にしてくれ。しかしそうか、三人は神聖の森に行ったのか……」

国王は神妙な顔つきだ。

「はい、お父様。そこで試練をクリアしてきました」

シャルがそう言うと、国王は一瞬目を見開いたが、頷いて口を開く。

「今回はかなり早いな……もう試練をクリアしたのか」

「ええ、お父様。試練とはなんですか？　それにお父様が死ぬというのも……」

「……番人から聞いたか。悪いがシャル、それにはどちらも答えられん。後々分かることだろう……なに、安心しろ。数日後だとか、数ヶ月後だとかの近い日のことではないのだ。今はまだ、それについて考えるときではない」

結局、謎は謎のままということか。

こちらとしては、命の危険があったわけだから事情は教えてほしいが……仕方ないか。

国王は不服そうなシャルから目を逸らし俺のほうを向くと、頭を下げてきた。

「ありがとう、クラウス殿。あなたのおかげでうちの息子と娘が試練を突破できたのだろう？」

「いや、俺の力だけではありませんので」

俺の言葉に、国王は首を横に振る。

「いいや、二人だけでは絶対に試練はクリアできなかったはずだ。先日のジェネラルオーク討伐の件もあるのだ、クラウス殿の実力は確かなものなのだろう。スタンピードの件の表彰も予定しているが、それに報酬も追加しよう」

「……報酬というのは？」

俺が訊ねると、国王は少し考えるように言う。

「欲しいものがあれば言ってみるがいい。できる限り揃《そろ》えよう」

って、急に言われてもな……別に今の生活で満足してるし。

「特に欲しいものはありません」

「そうか……それなら――白金貨《はくきんか》十枚と王都に屋敷を与えよう。屋敷のほうには使用人もつけておこう。ただそうだな……今から与えてもそこで暮らすわけではないだろうから、クラウス殿が学園に通い始めるタイミングで、そこを拠点《きょてん》に生活できるようにしておこうか」

「……ありがとうございます」

白金貨は、一枚あれば十人の町人を一生食わせられるほどの価値がある。

それが十枚ともなれば、相当な価値だ。

それに王都に屋敷を貰えるとか……白金貨どころじゃない報酬じゃないか？

断るわけにもいかないので、俺は素直に頭を下げたのだった。

◇◆◇◆◇

それから数日後、表彰式を迎えた。

前世も含めて、こういう厳格な場所は初めてだからすごく緊張する。

俺は控室に入って、アンナにメイクをしてもらっていた。

「なかなか様《さま》になってますね、クラウス様」

「ありがとう。でもここまでされるとやっぱり緊張するな」

俺が言うと、アンナはグッと親指を立てて励ましてくる。

「大丈夫ですよ、クラウス様！　クラウス様なら何とかなります」

「そうかなぁ……？」

「そうですよ！　最近のクラウス様は年齢の割にとても落ち着いていますから！」

まあ確かに、前世の記憶があるのだから、精神年齢は実年齢よりもよっぽど年老いているけども。

それでも経験がないことではあるのでドキドキはしているのだ。

でもアンナにそこまで言われると、何とかなるかもしれないと思い始めていた。

そんな会話をしていると、王城のメイドが部屋に入ってきた。

「そろそろ式典が始まります。準備は大丈夫でしょうか？」

その言葉に俺は頷いて、控室を出る。

謁見の間に辿り着くと、いかにもなお偉いさんらしき人たちがたくさんいた。

俺はそんな人たちの注目を浴びながら広間の真ん中まで歩く。

「これより、国にとって多大な貢献をしたクラウス殿の表彰を行う！」

豪華な椅子に座っていた国王が立ち上がり、そう宣言した。

俺はビビりながらも、恭《うやうや》しく頭《こうべ》を垂れる。

「クラウス殿はスタンピードの発生にいち早く気が付き、それを止めるだけではなく、中心だったジェネラルオークの討伐を行った！」

その国王の言葉に、周囲の人たちはザワザワと声をあげる。

「おお、噂は本当だったか……あの歳でなんと……」

「これは神童《しんどう》ではないか？」

「ジェネラルオークといえば、騎士団だって討伐に苦労するレベルだぞ……」

囁き声に余計に気まずくなりながら、俺は必死に下を向く。

しかし国王は声を張り上げて、さらに言葉を続けた。

「さらには、我が国の王子デニスと王女シャルロットの特訓を行い、その心を改めさせることにも成功した！」

どうやら極秘事項だという試練については触れないらしい。

それにしても、こんなことで評価されるとか……二人ともどれだけ周りに問題児だと思われてたんだよ。

「なんと、あのシャルロット様も懐柔《かいじゅう》したのか……」

「どんな講師をつけても自由気ままだったあの二人を改心させるとは……」

家臣たちの評価も結構酷いな。

しかしどんどん俺の評価がうなぎ登りになっていく。

は、恥ずかしい……

「その功績を讃え、クラウス殿には王都に屋敷を一つと、白金貨十枚を贈呈する！」

国王がそう言いきると、自然と拍手が起こった。

うーん、ここまで評価されるのもむず痒《がゆ》い。

特別なことをしたという自覚はないんだけどなぁ……特に王子王女コンビに関しては。

「クラウス殿、顔を上げよ」

「……はい」

俺は顔を上げて国王と目を合わせた。

「今後もクラウス殿の立派な活躍を期待している。これにて表彰式は終了とする！」

こうして表彰式は無事終わるのだった。

表彰式を終え、着替えて控室から出ると、いきなり見たくないものを見てしまった。

勇者カイトが王城のメイドをナンパしていたのだ。

俺は思わず、苦虫を噛《か》み潰したような表情になってしまう。

「なあ、お前可愛いじゃんか。俺の元に来ないか？」

うわぁ、気色の悪い誘い文句だこと。

もう少しかっこいい言葉を言えないものかね？

しかし以前にアンナも誘われていたけど、彼はどうやらかなりの節操なしらしい。

ゲームでの彼は、もっと奥手で無自覚系の少年だった気がするが……

もしかしてあいつの中にも、俺みたいに別の奴が入り込んでいる可能性がある？

……いや、それは考えすぎか。

そもそもこの世界には、ゲームでは知らなかった設定が色々とあるみたいだ。

カイトも元々はあんな性格で、ゲーム開始時までにああいう性格になったとか、そういう可能性もあるだろう。

しかしメイドは困った様子だ。

まあ勇者相手にメイドが逆らえるはずもないもんな。

しょうがない、助けてやるか。

俺はそう思って、二人の間に割って入った。

「失礼、メイドさん。少し道に迷ってしまいまして……」

俺はそう言うと、メイドさんの手を取って、カイトと目を合わせずにその場を去ろうとする。

顔を見られたら面倒なことになりそうだったので、できるだけ顔を逸らしていたのだが……それでもカイトは、立ち去ろうとする俺の肩を強引に掴むと、思いきり引っ張ってきた。

「うおっ！　何をするんですか！」

「おい貴様……その女は俺がデートに誘ってたんだ。邪魔するなよ」

女の子のことを『女』とか言っちゃう奴にロクな奴はいないって。

俺が内心でため息をついていると、カイトは何やら考え込んだ様子で俺の顔をじっと見てくる。

「ん？　どこかで見たような……」

そして思い出したかのように大声をあげた。

「って、お前！　あのときの服屋での男だなっ！」

そしてなぜか、敵を見るような目で睨みつけられた。

おー怖い怖い。

……とかふざけてみたけど、こいつは勇者。

今は分からないが、ゲームではかなりの実力があった。

もしもこの年齢のときに、既に同じような力を手に入れていたら……

下手すりゃ簡単に殺される可能性もある。

ちょっと慎重にいかないとな。

そう俺が決めていると、カイトは俺を指さす。

「クラ、クラ……クラシルッ！　また俺の邪魔をするのか！」

「いや俺はクラ……クラシルじゃなくてクラウスなんだけど……」

おいおい、半分思い出したなら全部思い出してくれよ。

思わず俺は呆れたようにそう返してしまった。

すると彼は顔を真っ赤に染めて、唾を飛ばしながら叫んでくる。

「うるさい、黙れ！　お前の名前なんてどうでもいいんだよ！」

まあそれはそう。

こいつに自分の名前を覚えられていたかなんて、心底どうでもいいことだ。

「ま、というわけで、俺たちはここで失礼しますよ。急いでますので」

俺はそう言って、困惑しているメイドさんの手を引いて立ち去ろうとする。

しかし短気でおっちょこちょいなカイトは、腰に提げていた剣を引き抜く。

マジかよ……王城内で堂々と剣を引き抜くなよ……

流石にヤバいと思ったのか、騒ぎを聞きつけて集まってきていたメイドたちがざわめいた。急いでどこかに走っていくメイドさんもいたので、多分国王とかを呼びに行ったのだろう。勇者を止められるのは国王くらいだろうからな。

国王が来る前に死なないといいなぁとか考える。

「貴様、俺を侮辱《ぶじょく》したな。この罪は重いぞ」

「それってどの罪になるんですかね？　侮蔑罪的な？」

「そう、それだ！　侮蔑罪で殺してやる！」

「この国の侮蔑罪は罰金で済むはずだった気がするなぁ、あれれぇ、おかしいなぁ」

でも煽っちゃう。

こいつに言いっぱなしにされるのもムカつくから、つい思わず。

「俺は勇者なんだ！　罰金で済むはずないだろ！」

「え、勇者って治外法権なんですか？」

「ち、治外法権……？　難しい言葉を使うな！　知ってる言葉で話せ！」

え、治外法権って流石に一般常識では？

まあ町人たちなら知らないかもしれないが、貴族だったら普通は知ってる。

「……って、そうか。勇者様は貴族出身じゃないんだっけ。知らなくて当然か」

あ、思わず零してしまった。失敬失敬。

「――うるさいうるさいうるさい！　そもそも俺は日本生まれなんだ！　そんなよく分からない言葉、知らなくて当然なんだ！」

え、マジ？　日本生まれなの？

やっぱりカイトの中身は、俺と同じく転生者らしい。

嫌な予感が当たったみたいだ。

しかしそう叫んだカイトに、周囲の人間は意味が分からず困惑していた。

日本ってどこだって囁き合ってるのが聞こえる。まあそうだよな……

てか、日本なら治外法権くらい社会の授業とかで習うだろ、普通。覚えてなくても、聞いたら意味くらい分かれよ。

子供っぽいを通り越して幼すぎる言動の勇者に呆れながら、俺は話を続けようとして――

「そこまでだ――勇者殿、剣をしまうんだ」

そんな国王の声が響いた。

そして、その場は国王によって無事治まった。

カイトは流石に国王に歯向かう気はないのか、渋々と剣を収め、俺を睨みつけながら去っていく。

その後、俺は国王に連れられて、彼の執務室に来ていた。

「はあ……クラウス殿はどうしてこう、話題に絶えないのか。悪気はないのだろうが……」

国王に呆れたように言われた。

それは俺だって知りたいよ。

「まあいい。せっかくの機会だから、クラウス殿の立場と、政治的な話をしておこう……現在、王城内は国王派と勇者派で分かれていることは聞いているな？」

「はい」

国王の言葉に頷く。

「最近、勇者派の動きがきな臭くてな。実情は掴めぬが、何やら企《たくら》んでいるという話もある。だからあまり勇者殿と関わらないでほしいのだが……」

ん？　そんな展開、ゲームにあったかな？　まあカイトの中身が入れ替わっているようなので、色々と違う部分があるんだろう。

「別に俺だって、わざわざ関わりたくありませんよ。でも向こうから絡んできたんです」

俺が言うと、国王は思わずといった感じでため息をついた。

「……そうか。それなら仕方がないが。ともかく、あまり問題は起こさないでくれよ？」

「了解しました」

俺は頷く。

国王は信用してなさそうな目を向けてくるが、俺だって問題は起こしたくないんだぞ。でも問題が向こうからやってくるんだ、仕方がない。

そして国王はもう一度諦めたようにため息をつく。

「まあそれだけだ。いずれにしても、一年半もすれば勇者殿と同じ学園に通うことになる。シャルロットとデニスも同じタイミングで入学することになるが……くれぐれも気を付けてくれ。クラウス殿はそれまでの間、どうするのだ？」

「そうですね……領地に帰って、特訓をしたりしながらゆっくり過ごそうと思ってます」

「それがいいだろうな。デニスとシャルロットを鍛えてほしい気持ちはあるが、クラウス殿が王都にいると問題が起きそうな気がしてならない」

俺、そんなに問題起こしてるかなぁ？

その言葉は不服だったが、俺としても勇者と絡みたくはないので領地に帰っていたい。

そして俺は解放され、次の日には領地に帰る準備を始めるのだった。

◇　◆　◇　◆　◇

再び俺は、一週間かけて領土に帰る。

屋敷について馬車を降りると、そこにはロッテが待ち受けていた。

「クラウス様！　王都はどうでしたか？」

「ロッテ、出迎えてくれてありがとう。なかなかに騒がしい場所だったよ。忙しすぎてあんまり観光できなかったけどね。色々あったから、あとでゆっくり話すよ」

「そうなんですか？　それじゃあお部屋に行きましょう」

そわそわした様子でそう言うロッテと共に、屋敷の中へ入る。

応接室で腰を落ち着けると、ロッテが楽しそうに聞いてきた。

「それで、表彰式の様子はどうでしたか？　それと、あの……お土産とかあってもいいんですよ？」

にっこりと笑って首を傾げるロッテに、俺はやれやれと首を振りながら言った。

「もちろん買ってきたけど。普通はお土産をねだったりはしないものなんだぞ」

「ふふっ、すみません。でも、クラウス様なら素敵なものを買ってきてくれると信じていたので、我慢できなくて」

そう言われると何も言い返せない。

俺は買ってきた洋服を取り出す。

「ほら、似合うといいけど」

「クラウス様の選んだものが似合わないなんてあり得ません」

そう断言されると逆に不安になる。

「ちょっと着替えてきてもいいですか？」

「もちろん」

そして部屋を移動して着替えてくるロッテ。

再び現れたロッテはとても似合っていた。

「どうですか？」

「うん、よく似合っているよ」

彼女はそう言って、恥ずかしそうに笑った。

それから俺は、王都で起こった色々について、話せる部分を選びながら、ロッテに話して聞かせた。試練のこととかは流石に話せないからな。

シャルの話をしていたとき、ちょっと顔が怖かった気がしたけど……気のせいだよな？

エピローグ

それから一年半、俺は勉強や特訓など、充実した時間を過ごした。

体重もちゃんとスリムを維持できているし、身長もそこそこ伸びた。

魔物とは戦えていないから、スキルが増えたりはしていないが、そこは《惰眠》のおかげで多少なりとも経験値が増えて、かなり成長したと思う。

試しに《スキルの書》を確認してみると、こんな内容になっていた。

ユニークスキル
《スキルの書》（レベル３：６９０／１０００）
　スキルを使用することによって熟練度が上がる。
　熟練度１：魔石（小）からスキルを得る。
　熟練度１：スキル使用時、威力増加（小）が付与される。

熟練度２：魔石（中）からスキルを得る。
熟練度３：スキル使用時、速度上昇（小）が付与される。
熟練度４：＊＊＊＊＊＊＊＊＊＊

ノーマルスキル

《惰眠》（レベル４：１８９０／２０００）
過剰な睡眠を取ることによって熟練度が上がる。
熟練度１：快適な睡眠を得ることができる。
熟練度２：睡眠中、大量のエネルギーを吸収できる。
熟練度３：睡眠中、自然治癒（小）を得る。
熟練度４：睡眠中、自動成長（小）を得る。
熟練度５：＊＊＊＊＊＊＊＊＊＊

《剣術》（レベル４：２１９／２０００）
剣状の物質を振るうことによって熟練度が上がる。
熟練度１：剣の扱いがほんの少し理解できる。

熟練度2：剣術スキル《疾風斬り》を使えるようになる。
熟練度3：剣の扱いがそれなりに理解できる。
熟練度4：剣術スキル《居合斬り》を使えるようになる。
熟練度5：＊＊＊＊＊＊＊＊＊＊

《無属性魔法》（レベル3：287／1000）
無属性の魔法を使うことで熟練度が上がる。
熟練度1：スキル《身体強化》を使えるようになる。
熟練度2：スキル《魔力生成》を使えるようになる。
熟練度3：スキル《擬態《ぎたい》》を使えるようになる。
熟練度4：＊＊＊＊＊＊＊＊＊＊

全体的にレベルが上がり、特に《剣術》と《無属性魔法》は、新しい熟練度が解放されていた。

《剣術》の居合斬りは、一度使ってみたのだが、威力速度ともにかなりのものだった。今ならあのサイクロプスとも、多少はいい勝負ができるんじゃないだろうか。

また、《無属性魔法》の擬態も、なかなかの優れものだった。人には擬態できないが、様々な物体に化けられるので、とても有用そうである。

それとこの一年半、ロッテとお茶会をしたり、一回だけ、王都へ行ってシャルとデニスと会ったりもした。

みんなも俺と同じように成長しているようだ。

学園に行けば会えるので、特にシャルとデニスはあれからどれくらい変わったのか楽しみである。

……というわけで、今日はとうとう、入学のために王都へと向かう日だ。

せっかくなので、出発の前に制服を着てみた。

「よく似合ってるじゃないですか、クラウス様。とても意外です」

アンナが褒めているのか褒めていないのか、よく分からないことを言う。

「意外とはなんだ、意外とは」

「だってクラウス様、年齢に似つかずとても大人びてるんですもん。体には似合っているんですけど、なんとなく雰囲気に違和感が……」

確かに俺の精神年齢はもういい歳だ。

でも体は子供なのだから、制服が似合っても当然だと思う。

「それにしても、もう学園が始まるんですね。時間が経つのは早いです」

「そうだな。俺も学園に通う歳になったんだな」

俺がこの体に転生してから、もう二年近く経つということだ。

これからは勇者カイトとも関わることが増えるだろう。

本当は学園に行かないのが、カイトと関わらずに済む方法ではあるのだが……そんなことをしていたら、公爵家を継ぐことができなくなり、結局詰んでしまうことになる。

なんにせよ、学園に通うしか俺の選択肢はないのだ。

できるだけ、処刑ルートのフラグが立たないようにカイトと絡まないで過ごしたいけど、もう既に敵視されてるっぽいしなぁ……

あいつ馬鹿っぽいから、俺のこと忘れててくれないだろうか。

まあ、シャル、デニスとは相変わらず仲良くするだろうし、勇者派からしたら敵みたいなものか。

色々と上手く立ち回って、トラブルも回避していきたいところだ。

とにかく、俺はこの世界で生き延びないといけない。

そういう意味では、今からが本番なのかもしれない。

さて——と俺は制服の襟《えり》を正すと鏡を見つめ直す。

「そろそろ王都に向かおうか」

そして俺は決意を新たに、学園のある王都へと、馬車を走らせるのだった。

追放された神官、【神力】で虐げられた人々を救います!
女神いわく、祈る人が増えた分だけ万能になるそうです
著 Saida《サイダ》
万能な【神力】で、捨てられた街を理想郷に!?
俺だけに見える女神と!マイペース!救済生活はじめます!
教会都市パルムの神学校を卒業した後、貴族の嫉妬で、街はずれの教会に追いやられてしまったアルフ。途方に暮れる彼の前に現れたのは、赴任先の教会にいたリアヌンという女神だった。アルフは神の声が聞こえるスキル「預言者」を使って、リアヌンと仲良くなると、祈りや善行の数だけ貯まる「神力」で様々なスキルを使えるようにしてもらい——お人好しな神官アルフと街外れの愉快な仲間との温かな教会ぐらしが始まる!
◎定価:1320円(10%税込)　◎ISBN 978-4-434-31920-4　◎illustration:かわすみ
「癒し系ほっこり」ファンタジー賞 受賞作!
アルファポリス

●定価：1320円（10%税込）●ISBN：978-4-434-32039-2 ●Illustration：藍飴

迷宮攻略の途中で勇者パーティーの仲間達に見捨てられたリックは死の間際、謎の空間で女神に前世の記憶と、万能の転生特典「創聖魔法」を授けられる。なんとか窮地を脱した後、一度はパーティーに戻るも、自分を冷遇する周囲に飽き飽きした彼は、わざと追放されることを決意。そうして自由を手にし、存分に異世界生活を満喫するはずが——訳アリ少女との出会いや悪徳商人との対決など、第二の人生もトラブル続き!?　世話焼き追放者が繰り広げる爽快世直しファンタジー!

◉定価:1320円(10%税込)　ISBN 978-4-434-31745-3　◉illustration:匈歌ハトリ

ネットで話題沸騰！
アルファポリスWeb漫画
面白い漫画が毎日読める!!
アルファポリスCOMICS
原作 柳内たくみ 漫画 竿尾悟
ゲート GATE 自衛隊 彼の地にて、斯く戦えり
原作 あずみ圭 漫画 木野コトラ
月が導く異世界道中
原作：秋川滝美
漫画：しわすだ
居酒屋ぼったくり
原作 小鳥遊渉 漫画 紺平
異世界に転生したけど トラブル体質なので心配です
原作 猫月晴 漫画 torimo
新連載開始！
転生したら、なんか頼られるんですが
原作 柊彼方 漫画 貝原黎音
追放された【助言士】のギルド経営
新連載開始！
人気連載陣
THE NEW GATE
素材採取家の異世界旅行記
異世界ゆるり紀行 〜子育てしながら冒険者します〜
いずれ最強の錬金術師？
追い出された万能職に新しい人生が始まりました
勘違いの工房主
装備製作系チートで異世界を自由に生きていきます
and more...
原作 椎名ほわほわ
漫画 六堂秀哉
とあるおっさんのVRMMO活動記
原作：金斬児狐
漫画：小早川ハルヨシ
Re:MONSTER リ・モンスター
選りすぐりのWeb漫画が無料で読み放題！
今すぐアクセス！ アルファポリス 漫画 検索
アルファポリスアプリ
スマホでも漫画が読める！
App Store/Google play でダウンロード！

この作品に対する皆様のご意見・ご感想をお待ちしております。

おハガキ・お手紙は以下の宛先にお送りください。

【宛先】

〒150-6008 東京都渋谷区恵比寿4-20-3 恵比寿ｶﾞｰﾃﾞﾝﾌﾟﾚｲｽﾀﾜｰ8F
（株）アルファポリス　書籍感想係

メールフォームでのご意見・ご感想は右のＱＲコードから、
あるいは以下のワードで検索をかけてください。

アルファポリス　書籍の感想　検索

ご感想はこちらから

本書はWebサイト「アルファポリス」（https://www.alphapolis.co.jp/）に投稿されたものを、改題、改稿、加筆のうえ、書籍化したものです。

嫌《きら》われ者《もの》の悪役令息《あくやくれいそく》に転生《てんせい》したのに、なぜか周《まわ》りが放《ほう》っておいてくれない

AteRa（あてら）

2023年5月31日初版発行

編集－村上達哉・芦田尚
編集長－太田鉄平
発行者－梶本雄介
発行所－株式会社アルファポリス
〒150-6008 東京都渋谷区恵比寿4-20-3 恵比寿ｶﾞｰﾃﾞﾝﾌﾟﾚｲｽﾀﾜｰ8F
TEL 03-6277-1601（営業）　03-6277-1602（編集）
URL https://www.alphapolis.co.jp/
発売元－株式会社星雲社（共同出版社・流通責任出版社）
〒112-0005 東京都文京区水道1-3-30
TEL 03-3868-3275
装丁・本文イラスト－華山ゆかり
装丁デザイン－AFTERGLOW
印刷－図書印刷株式会社

価格はカバーに表示されてあります。

落丁乱丁の場合はアルファポリスまでご連絡ください。

送料は小社負担でお取り替えします。


ISBN978-4-434-32044-6 C0093